作文十九問

王鼎鈞
著

目錄

新版自序

那些年，我常常懷念我的中學生活，一心想為正在讀中學的年輕人寫點什麼，我寫的時候覺得與他們同在。我陸續寫了五本書跟他們討論作文，也涉及如何超越作文進入文學寫作，這五本書在出版家眼中成為一個系列。現在，我重新檢視這一套書，該修正的地方修正了，該補充的地方加以補充，推出嶄新的版本，為新版本寫一篇新序。

《作文七巧》

先從《作文七巧》說起。我當初寫這本書有個緣起，有人對我說，他本來對文學有興趣，學校裡面的作文課把這個興趣磨損了、毀壞了！我聽了大吃一驚。

想當初台北有個中國語文學會，創會的諸位先進有個理念，認為文學寫作和文學欣賞的能力要從小學、中學時代的作文開始培養，作文好比是正餐前的開胃菜，升學前的先修班。我是這個學會創會的會員，追隨諸賢之後，為這個理念做過許多事情。早期的作文和後來的文學該有靈犀相通，怎麼會大大不然？

我想，作文這堂課固然可以培養文學興趣，它還有一個重要的任務，幫助學生通過考試，順利升學，這兩個目標並不一致，當年考試領導教學，在課堂上，老師可能太注重升學的需要，把學生的文學興趣犧牲了。

那時候，滄海桑田，我已經距離中國語文學會非常遙遠，不過舊願仍在。我想，作文課的兩個目標固然是同中有異，但是也異中有同，文學興趣是什麼？它是中國的文字可愛，中國的語言可愛，用中國語文表現思想感情，它的成品也很可愛，這種可愛的能力可以使作文寫得更好，更好的作文能增加考場的勝算。

於是我花了三個月的時間寫成這本《作文七巧》。記錄，描繪，判斷，是語文的三大功能，這三大功能用於作文，就是直敘，倒敘，抒情，描寫，歸納，演繹，各項基本功夫。我從文學的高度演示七巧，又把實用的效果歸於作文考試，謀求相應相求，相輔相成。我少談理論，多談故事，也是為了保持趣味，也為了容易記住。

有人勸我像編教材一樣寫七巧，我寧願像寫散文一樣寫七巧，希望這本討論如何作文的書，本身就是作文的範本。新版的《作文七巧》有二十五處修正，十九處補充，還增加了三章附錄。

《作文十九問》

七巧談的是最基本的作文方法，也希望學習的人層樓更上，對什麼地方可以提高，什麼地方可以擴大，也作了暗示和埋伏。出版以後，幾位教書的朋友為我蒐集了許多問題，希望我答復，我一看，太高興了，有些問題正是要發掘我的埋伏。我立刻伏案疾書，夜以繼日，寫出《作文十九問》，《作文七巧》的補述。

我追求文體的變化，這本書我採用了問答體。我在廣播電台工作二十年，寫「對話稿」有豐富的經驗，若論行雲流水，自然延伸，或者切磋琢磨，教學相長，或曲折宛轉，別開生面，都適合使用這種體裁。問答之間，抑揚頓挫，可以欣賞口才，觀摩措辭。當年同學們受教材習題拘束，很喜歡這種信馬由韁的方式，出版以後，銷路比七巧還好。如果七巧可以幫助學習者走出一步，十九問可以幫他向前再走一步。當然，他還需要再向前走，我在十九問中也存一些埋伏，留給下一本《文學種籽》發揮。

為什麼是十九問呢？因為寫到十九，手邊的、心中的問題都答復了，篇幅也可以告一段落了。那時還偶然想到，古詩有十九首，十九這個數字跟文學的緣份很深。有人說，你這十九問，每一問都可以再衍生十九問。我對他一揖到地，對他說：夠了，咱們最要緊的是勸人家獨自坐下來寫寫寫，從人生取材，納入文學的形式，表現自己的思想情感。求其次，希望咱們的讀者對文學覺得親切，看得見門徑，成為高水準的欣賞者。學游泳總得下水，游泳指南，適可而止吧。

《文學種籽》

這一本，我正式標出「文學」二字，進「寫作」的天地。那時候，寫作和作文是兩個觀念，我嘗試把作文的觀念注入文學寫作的觀念，前者為初試啼聲，後者為水到渠成。

在《文學種籽》裡面，我正式使用文學術語，提出意象、體裁、題材、人生等項目，以通俗語言展示它的內涵。我重新闡釋當年學來的寫作六要：觀察、想像、體驗、選擇、組合、表現，指出這是一切作家都要修習的基本功夫，我對這一部分極有信心。必須附註，這本書只是撒下種子，每一個項目都還要繼續生長莖葉，開花結果。

那時候，文藝界猶在爭辯文學創作可教不可教、能學不能學。我說「創作」是無中生有，沒有範文樣本，創作者獨闢蹊徑，「寫作」是有中生有，以範文樣本為教材，可以教也可以學。當然，學習者也不能止於範文樣本，他往往通過學習到達創作，教育的結果往往超出施教者的預期，這就是教育的奧秘。

我強調寫作是拳不離手，曲不離口。寫作是師父領進門，修行在個人。誇誇其談誤寫作，知而不行誤寫作，食而不化也誤寫作。一個學習者，如果他對《作文七巧》和《作文十九問》裡的那些建議，像學提琴那樣照著琴譜反復拉過，像學畫即樣照著靜物一再畫過，應該可以順利進入《文學種籽》所設的軌道，至於能走多遠，能登多高，那要看天分，環境，機遇，主要的還是要看他的心志。

本來《作文七巧》，《作文十九問》，《文學種籽》，這三本書是一個小系列，當時的說法是「由教室到文壇」。但是後來出現一個議題，現代和古典如何貫通，於是這個小系列又有延伸。

《古文觀止化讀》

那些小弟弟小妹妹，先讀小學，後讀中學，小學的課本叫「國語」，全是白話，中學的課本叫「國文」，出現文言。他們從「桃花謝了，還有再開的時候」，突然碰上「學而時習之，不亦樂乎！」這條溝太寬，他們一步跨不過去，只有把文言當做另一種語言來學。白話文是白話文，文言文是文言文，雙軌教學，殊途不能同歸。

當然，由中學到大學，也有一些人打通了任督二脈，但是從未讀到他們的祕笈，好吧，那就由我來探索一番吧。恰巧有個讀書會要我講《古文觀止》，我當然要對他們講時代背景、作者生平，講生字、僻詞、典故、成語、以及文言經典的特殊句法，我也當眾朗讀先驅者把整篇古文譯成的白話。大家讀了白話的〈赤壁賦〉、〈蘭亭序〉，當場有人反應：這些文章號稱中國文學的精金美玉，怎會這樣索然無味？它對我們的白話文學有何幫助？是了，是了，於是我推出進一步的讀法。

我們讀文言文，目的不止一個，現在談的是寫作，我們對《古文觀止》的要求自有重點。現在我們讀〈赤壁賦〉，不從東坡先生已經寫成的〈赤壁賦〉進入，要從東坡先生未寫〈赤壁賦〉的時候參與，他游江，我們也游江，他作文，我們也作文，他用文言，我們用白話。文言有單音詞，複音詞，看他在一句之中相間使用，我們白話也有單音詞、複音詞啊！文言有長句，有短句，看他在一段之中交替互換，我們白話也有長句有短句啊！看他文章開頭單刀直入，切入正題，看他結尾急轉直下，戛然而止，中間一大片腹地供他加入明月，加入音樂，加入憂鬱，加入通達，奔騰馳驟，淋灕盡致，這也正是我們白話文學常有的佈局啊！他是在寫文言文嗎，我幾乎以為他寫的是白話呢！我寫的是白話文嗎，我幾乎以為是文言呢！

我說，這叫「化讀」，大而化之，食而化之，化而合之，合而得之。出版後，得到一句肯定：古典文學和現代散文之間的橋梁。

《講理》

這本書完全是另外一個故事。只因為那時候升學考試愛出論說題，那些小弟弟小妹妹急急忙忙尋找論說文的做法，全家跟著患得患失。那些補習班推出考前猜題，預先擬定三個五個題目，寫成文章，要你背誦默寫，踏進考場以後碰運氣，有人還真的猜中了，考試也高中了。每年暑期，那些考試委員和補習班展開猜題遊戲，花邊新聞不少。

為什麼同學們見了論說題做不出文章來呢？也許因為家庭和學校都不喜歡

孩子們提出意見，只鼓勵他們接受大人的意見，也許論斷的能力要隨著年齡增長，而他們還小。我站出來告訴那些小弟弟小妹妹，你們的生活中有感動，所以可以寫抒情文，你們的生活中有經歷，所以可以寫記敘文，你們的生活也產生意見，一定可以寫論說文。

為此我寫了《講理》，為了寫這本書，我去做了一年中學教員，專教國文。教人寫作一向主張自然流露，有些故事說作家是在半自動狀態下手不停揮，我想那是指感性的文章。至於理性的文章，如論說文，並沒有那樣神祕，它像蓋房子一樣，可以事先設計，它像數學一樣，可以步步推演。你可以先有一個核，讓它變成水果。

這本書完全為了應付考試，出版後風行多年，直到升學考試的作文題不再獨尊論說。倒也沒有人因此輕看了這本書，因為我在書中埋伏了一個主題，希望培養社會的理性。現在重新排版，我又把很多章節改寫了，把一些範文更換了，使它的內容更靠近生活，除了進入考場，也能進入茶餘飯後。它仍然有自己的生命，因此和七巧、十九問等書並列。

這本書的體例，模仿葉紹鈞和夏丏尊兩位先生合著的《文心》，在我的幼年，他們深深影響了我，許多年後我以此書回報。感謝他們！也感謝一切教育過我的先進。

第一問

林花著雨胭脂濕　密葉遮天

月亮化妝　斜暉　晚餐　大屯山

湖　竹子　落花

●爸爸有個朋友，是一位作家，上一期《印度洋半月刊》上有一篇小說，就是他寫的，您看過那篇小說沒有？

■我沒有仔細看，《印度洋半月刊》每期只登一篇小說，我記得他們上期選用的小說比較長，只登出來上半篇，註明下期續完，可是這一期不知怎麼，下半篇沒見登出來。

●我爸爸在批評那位作家呢，他說反正是白話文嘛，人家改幾個字有什麼關係？人家改了你的文章，你就不肯再讓人家登下去了，那來那麼大的脾氣？

■原來是這個樣子的啊，這位作家倒是對自己的作品很認真、很執著，他這半篇小說我倒要仔細看看。

●你贊成不贊成編輯改他的文章？

■這個問題很難回答，老實說，修改人家的文章是一件吃力不討好的事情。在作家筆下，文字是敏感的，常常牽一髮而動全身。杜甫有一句詩：林花著雨胭脂□，最後一個字被蟲子吃掉了，不知道究竟是個什麼字，有人猜是林花著雨胭脂「點」，有人猜是林花著雨胭脂「染」，有人猜是林花著雨胭脂「落」，後來有人找到更早的版本，發現杜甫原來寫的是林花著雨胭脂「濕」。

●「胭脂濕」好在什麼地方？

■「胭脂濕」不一定比「胭脂落」好，但是，胭脂落，花瓣落到地上來了，胭脂濕，花並沒有落，這是兩種不同的意象。

●胭脂點和胭脂染呢？

■這恐怕是兩種不同的花，花瓣的大小不同，顏色的深淺也不同，當然，都是紅花。還有一個可能，「胭脂點」是詩人近距離看花，樹上的花一朵一朵是分開的，好像用畫筆點出來的一樣，「胭脂染」是詩人遠距離看花，一樹紅花或是滿林紅花像一片水彩。

●一個字有這麼大的關係！

■所以古人有所謂一字師。

●文言文十分精煉，才有這麼大的講究，白話文難道也「懸之國門不能易一字」嗎？

■白話文比較平易一些，也可能比較鬆散一些，「一字師」的故事比較少，不過白話文學也講究推敲，有時候也得煉字。《作文七巧》後面有十組習題，第二級題目跟煉字有點關係，不知道你做過沒有？

●倒是沒有認真。

■現在我們不妨認真練習一下。第一道題目：樹林裏的小徑密葉□天，像一條隧道。候選的字有四個，密葉遮天呢，密葉蓋天呢，密葉連天呢，還是密葉滿天？

●好像都可以嘛。

■馬馬虎虎一看，都可以，如果「敏感」一些，就有取捨。樹林裏的小徑像一條隧道，為什麼像隧道呢，因為頭頂上有樹枝樹葉，兩側有樹幹，「樹葉連天」顯然是不對的，你得站在林外才有「連天」的感覺，詩人趙嘏上一句「獨上江樓思悄然」，下一句才是「月光如水水連天」，如果坐在潛水艇裏，還能「連天」嗎？

●那麼「密葉滿天」也不行。（■為什麼不行？）我說不出原因來。

■因為你在森林小徑上沒有寬闊的視野，你可以說繁星滿天、密雲滿天，你看星看雲的時候附近沒有東西擋住你的視線。

●我知道了，答案一定是密雲遮天，不是密雲蓋天，遮天是擋在人和天的中間，要說是蓋天，豈不是把天蓋到底下來了？

■再看第二題：月亮躲在雲裏做什麼？睡覺？化妝？偷看？打坐？

●我想不會是「月亮躲在雲裏睡覺」，因為下文是「遲遲不肯出來」，倘若睡覺，就不是肯不肯出來，而是能不能出來。

■對！竅門兒就在這裏，依你看，會不會是「打坐」呢？（●我還不能馬上決定。）我提醒一下，睡覺、化妝、打坐、偷看，都是比喻，你現在是替月亮選一個比喻。

●我選「化妝」，我看見月亮就聯想到人的臉，不會聯想到人的身體。

■我贊成你選「化妝」，每逢雲開月現的時候，我們會覺得月亮特別皎潔，就像是在雲裏面剛剛洗過臉搽過粉一樣。我再提醒一句，如果雲層很稀薄呢？如果是「月籠紗」呢？你也可以選「偷看」，我們隱約可以看見月亮，月亮也就好像閃閃躲躲的看我們。

●第三題最容易，夕陽的斜暉「洒」在草坪上，不會錯，很多作家都是這麼寫的。

■他們為什麼喜歡用「洒」（●不知道。）什麼是洒？（●洒水。）洒是拋出去，散開了，星星點點落在地上。夕陽的光線是斜著射過來的，所以叫「斜暉」，斜暉射在草地上，比較高的草上有陽光，比較低的草上沒有，一眼望去，陽光星星點點分佈在草上，這個「洒」字不是隨便用的。

●其餘三個候選的字，照、射、掃，還有用處沒有？

■有時候，斜暉被高樓擋住了，被樹林擋住了，只有窄窄長長的一「帶」、一「抹」，像是用一把大掃帚刷上去的一樣，那當然可以用「掃」。

●「射」字好像太平常。

■「照」字也是，除非說「返照」。

●第四題，熱氣騰騰的晚餐端上來，是一家人最飢餓的時候呢，是一家人最高興的時候呢，是一家人最溫暖的時候呢，還是最安靜的時候？對於這個題目，我的同學們討論過，好像四個答案都可以入選。

■如果大家忙了一天，早飯午飯都沒吃好，現在，豐盛的晚餐端出來了，——

●那是大家最飢餓的時候。

■如果全家人都愛吃媽媽做的清燉牛肉，媽媽每星期做一次，多半是在星期天全家團聚的時候，星期天，哥哥姐姐回家來了，清燉牛肉也做好了，那就是——

●全家人最高興的時候。

■題目沒有前文，沒有背景介紹，好像選那個答案都可以，不過題目是說熱氣騰騰的晚餐端上來。有了「熱氣騰騰」四個字，我們就可以順理成章，說這是一家人最溫暖的時候，「溫暖」有雙關的意義，熱飯熱菜使人覺得溫暖，親情也使人覺得溫暖。

● 所以說是「最」溫暖。

■ 敏感的讀者，可以從「熱氣騰騰」得到暗示，知道應該選「溫暖」。下一個題目裏頭也有暗示，你找找看。

● 第五題：為了準備聯考，整天躲在房裏讀西洋史地，偶然到陽臺上收衣服，抬眼望見大屯山，竟是十分矮小？十分陌生？十分遙遠？十分美麗？

■ 你看那個詞合適？

● 我再念一遍題目：為了準備聯考，整天躲在房裏讀西洋史地，偶然到陽臺上收衣服，抬眼望見大屯山。這裏有聯考，西洋史地，陽臺，收衣服，那一句能對大屯山產生暗示呢？我看只有西洋史地。

■ 不錯。你選那一個答案呢？

●我選「美麗」。（■為什麼？）大屯山是我們自己的河山，西洋史地講來講去都是人家的名山大川，雖說瑞士山水甲天下，河山還是自己的好。

■你這個答案很愛國，不能說你不對，不過大屯山是一座很平淡的小山，你得有很長的前文，才能夠說服讀者，感染讀者，使讀者覺得它比阿爾卑斯山還好，現在並沒有前文。在這道題目裏面，「西洋史地」是個關鍵，倒教你一下子找著了。我提醒一下，讀唐詩讀得入了迷，會覺得咸陽長安都是熟地方，讀希臘神話入了迷，會覺得雅典是個熟地方。

●讀西洋史地入了迷，會覺得阿爾卑斯山是個熟地方，反過來，大屯山反而陌生了？這妥當嗎？

■我們最熟悉的當然還是自己的家山，說大屯山陌生，只是那片刻的感覺，為了形容聯考的壓力，你可以選「陌生」。

●我就選「陌生」吧，說真的，聯考考得我昏天黑地，我幾乎連爸爸媽媽都不認得了。

■形容聯考的壓力，你可以寫大屯山「陌生」，發抒愛國懷鄉的情懷，你可以寫大屯山「美麗」，如果你躲在房裏讀的不是西洋史地，是探險家攀登喜馬拉雅山最高峰的報導，你當然可以覺得大屯山「矮小」。文章寫的是眼前景加上心中情，心情不同，物景跟著起了變化。個中消息，請你參看第三組習題。

●第三組習題是十個比喻，被喻之物都是湖，十個比喻卻不相同。湖是地上的一塊天，湖是晚霞的鏡子，湖是一個險惡的陷阱，湖是一張水彩畫，湖是一隻焦急的眼，湖是大地的瘡疤，湖是星星的攝影機，湖是山的一杯飲料，湖是青蛙的海，湖是風的運動場。

■你來看，人在什麼心情之下會覺得湖中就是天上呢？

●當然是晴天遊湖，美景良辰嘍。

■什麼樣的心情才覺得湖是晚霞的鏡子呢？

●心平氣和，能領略自然美的時候。

■湖怎麼又變成陷阱了呢？

●大概這個人被壞人陷害，剛剛吃過大虧。

■湖怎麼又變成大地的瘡疤了呢？

●書裏頭說了：心情壞透了的時候，看什麼都不順眼，有時候簡直以為雲是天上的垃圾。下面正好接上：湖是大地的瘡疤。

■湖是一張水彩畫。

●那是因為我想畫畫兒。

■湖是星星的攝影機。

●那是因為我喜歡照相。

■湖是山的一杯飲料。

●那是因為我想喝汽水。

■如果你寫遊記，寫你高高興興的在日月潭划船，寫你心滿意足的登上了光華島，你忽然來一句：這個小島是潭心的一個瘡疤，合適嗎？

●絕對不合適。

■倒也不敢說是「絕對」，我覺得不合適，你也覺得不合適，但是可能有人喜歡這麼寫，而且他可能是個有名的作家。

●這就怪了。這樣寫能成為名家？

■並不是這樣寫寫成了名家，而是成了名家的人可能這樣寫，名家要創新，要突破，反對固定反應。

●反對固定反應？什麼意思？

■比方說，中國文人多半拿竹比君子，中國人一看見竹子就想起君子來，這叫固定反應。有個詩人偏要跟這個「固定反應」作對，他偏偏說竹代表小人，你看竹子，獨自一個沒法子頂天立地站起來，總要狐群狗黨擠在一起，稍稍受到一點壓力就低頭彎腰，不是小人嗎？

●低頭彎腰的植物很多，何必跟竹子過不去呢？

■這就是所謂創新、突破啊。

●我也可以這樣做嗎？

■我勸你等一等，以後再說。你現在不是讀中學嗎？中學的作文課應該是比較保守的。在你的作文簿裏面，看見了落花仍然應該很惋惜，很惆悵，只要不像林黛玉那樣哭泣就好。如果你寫的是，花謝了，你很舒服，很輕鬆，老師會怎樣「反應」？

●難道真有人見了落花心裏很舒服嗎？

■有位名家這樣寫過，他說花謝了，花季結束了，花走完了它的旅程，我也可以放心了。

●這是怎麼一回事，我不懂。

■談作文談到你不懂，就不能再談了，告一段落吧。

第二問

樣子　下課十分鐘　數學解題
目標　努力經過　中途干擾　結果
球賽暫停　夜來風雨聲
兒子的成績

●爸爸看了我的作文簿，表示很不滿意，他說文章有文章的樣子，我的作文簡直不成樣子。文章也有樣子嗎？

■關於這個問題，大家的意見很不一致。我們批評一篇寫得不好的文章，可能說它「不成其為文章」，說這句話的人，大概是認為文章有樣子的吧？我們聽一個人說話，聽來聽去，我們可能對他說：你別在那兒做文章啦！我們說這句話的時候，也許是認為文章有樣子的吧？

●我對文章的樣子很有興趣，如果作文有樣子，作文不就容易得多了嗎？到底有沒有樣子？你能不能替我們設計一下？

■我可以介紹幾個樣子，但是，它並不見得容易。你們最近一次作文，老師出了個什麼樣的題目？

●老師要我們寫「下課十分鐘」，也就是寫兩節課當中那十分鐘休息的時間。

■你是怎麼寫的呢？

●我說我有一道數學題做不出來，下課以後還一直想那道題目，十分鐘不知怎麼就過去了。

■這應該是一篇好文章啊。

●那兒來的好文章？這十分鐘有什麼好寫的？

■好吧，那就咱們一塊兒想辦法。下課十分鐘，你一直在想一道數學題，始終沒有想出解題的辦法來，你的意思彷彿是，如果題目能解開，你這十分鐘就充實了，文章就有內容了，現在題目始終解不開，事後回想起來很空虛，文章也就沒有什麼可寫的了。

●對呀。

■我看並不完全對，你花了十分鐘時間沒能把一道題目解開，在數學的課堂上，你這十分鐘沒有成績，在作文課堂上呢，情形也許就不一樣，這十分鐘你有一個目標，你努力過，你沒有到達，這個過程也是生活經驗，也是文章材料。

●難道我可以把解題的過程都寫出來嗎，那不是太枯燥了嗎？

■啊，你不能那樣做。你要做的是，我問你，你思索習題的時候，是不是心裏只有數學，是不是什麼也看不見了、什麼也聽不見了呢？（●不是。）你看見了什麼、聽見了什麼呢？

●我看見操場裏有很多同學正在玩球，我也看見教室裏只有五六個同學做功課，別人全跑出去了。

■你想不想跑出去玩球呢？

●我本來是最喜歡籃球的呀。

■倘若你去玩球，你就得放下數學。好，剛才我說，你有目標，你在努力以赴，現在中途出現了干擾。天下有許多好文章是這三個環節構成的：目標在望，全力以赴，出現干擾。想想看，你坐在教室裏，望著教室外面，外面的景象怎樣干擾你？

●外面的陽光很明亮。

■好！還有呢，有沒有什麼聲音干擾你？

●籃球在操場裏撲通撲通地響，那聲音很，很，（■想辦法形容一下！）很動人，（■好，具體一點！）很雄壯，（■好，再具體一點！）就像戰鼓在催我上陣。

■能發現陽光很明亮的人，應該會作文，能聽出來球聲像戰鼓的人，應該會作文，要想寫出一個樣子來，你得會佈局，我所說的目標在望，全力以赴，出現干擾，就是一種布置。你現在這十二個字都有了，可是佈局還沒有完成，你到底跑出去打球了沒有？也就是說，面對干擾，產生了什麼樣的結果？

●我沒有去玩球，數學要緊，再說電鐘馬上就要催外面的人回來上課了。

■結局是你越過了干擾。當然，你也可以跑到陽光底下先打球打個痛快再說。這樣寫起來，應該有個模樣了。

●讓我想一想。目標在望，努力以赴，出現干擾，產生結果，我以前可沒有這樣想過，以後作文，我是不是可以這樣寫呢？

■有些題目可以這樣寫。有人講過一個故事，跟作文有關係，說是在作文課堂上老師要大家寫看球，有個同學只寫了六個字：球賽因雨暫停。球賽沒有舉行，看球的人看什麼呢，沒有球可看，寫看球又寫什麼呢，這一篇作文只能寫六個字，好像理由十分充足。其實作文並不是這麼簡單，在作文課堂上，「因雨暫停」只能算是一個干擾，一個挫折。想想看，如果這篇文章由你來寫呢？

●我可以寫我很喜歡看賽球，我老早就想看某某球隊跟某某球隊的比賽，這一場比賽我非看不可。

■這是目標在望。然後呢？

●然後我全力以赴，我天天巴望比賽的那一天來到，我事先把功課都做好了。球賽賣票不賣票呢，如果賣票，我得先從零用錢裏頭把票價節省出來。

■然後呢？

●然後是天下了雨。

■還不能這麼快就下雨。不要忘了看球是你的重要目標，你在為它全力以赴，那麼你老早就對天氣擔心，你很注意氣象預報。

●氣象預報說下雨。

■別忙，氣象預報說不下雨，結果到時候變了卦。

●結果一場傾盆大雨下來，大家淋成了落湯雞。

■你還是太快了。賽球的那天，空中濃雲密布，風很涼，我們明知道天不作美，還是到球場去觀望了一陣，心裏想，說不定空中忽然出了太陽，裁判帶著球員進了場呢。你這樣想，別人也這樣想，球場內外竟然來了許多觀眾，有人還帶著小孩子呢！

●到什麼時候才可以下雨？

■現在可以下雨了。

●下大雨還是下小雨？

■讓它越下越大吧。

●雨下大了，觀眾才走開。

■他們確實知道今天不會賽球了。

●難怪我的文章寫不長，我總是下雨下得太快了。

■這也不能一概而論，有時候你得趕快下雨，你看孟浩然：「春眠不覺曉，處處聞啼鳥，夜來風雨聲，——」這個雨下得多快！

●夜來風雨聲，算不算是干擾呢？

■如果他本來想今天早晨出門賞花，這一夜風雨就是干擾，花落知多少，他可能不去了。不過這是一首詩，詩人並沒有說他要努力達成什麼目標。另外有一個詩人，他在重陽節快到的時候詩興大發，就提起筆來寫了一句「滿城風雨近重陽」，不巧這時候有人敲門，他放下筆去開門，門外來了個催他繳稅的，他應付了一陣，催稅的人走了，他的詩興也沒有了，想把這首詩做完，卻是再也寫不出第二句來了。在這個故事裏，敲門催稅就是我們所說的干擾。

●這麼說，干擾一定要先有個全力以赴的目標。

■照你寫的「下課十分鐘」來看，應該是這樣，不過也不能看死了，單就這首詩而論，「春眠不覺曉，處處聞啼鳥」，詩人的心情本來是很明朗很愉快的，可是一想到「夜來風雨聲，花落知多少」，心情不免黯淡下來，這首詩所寫的，是這種情緒上的挫折，你說這是干擾，當然也可以。

●怎麼，可以既這樣解釋又那樣解釋嗎？

■有時候可以。

●樹立目標，全力以赴，寫起來太麻煩了，作文課堂上恐怕寫不完，我以後省事一點，只寫情緒上的干擾行不行？

■當然可以！倒不是為了省事，是因為你的材料適合這樣寫。文章要寫成什麼樣子，先看那材料應該排成什麼樣子。

●你剛才不是說過嗎，「春眠不覺曉」那首詩，如果我們加上一段，說是詩人本想早晨起來出門賞花，就可以歸入「樹立目標，全力以赴，出現干擾」的樣式了，那麼，寫文章明明是可以先決定樣式再找材料的呀。

■好吧，我們趁機會說清楚，你可以拿著材料找樣式，也可以拿著樣式安排材料，不過，最好你是以材料為主，你為了你有可寫的材料而寫，不是為了完成一個樣式而寫。

●唉，作文以繳卷為第一，什麼最好不最好，我不在乎。

■也罷，我們回過頭來談「樣子」。我們姑且把「春眠不覺曉，處處聞啼鳥，夜來風雨聲，花落知多少」當作一個樣子，這個樣式是「情緒↓干擾↓情緒改變」。我們拿著這個樣式，看看怎樣把你的「下課十分鐘」裝進去。在這篇文章裏，你以描述自己的心情為主，你把你的心情分成兩部分，前後心情不同，中間放上干擾。你說，剛下課的時候，你的心情怎樣？

●我很高興，我想跟別的同學一塊兒跑出去，我要無憂無慮，我要自由自在。

■可是忽然，——忽然怎麼樣？

●忽然我看見我面前桌子上攤開的數學習題。

■重擔馬上壓下來了。

●烏雲馬上蓋下來了。

■你低下頭去努力演算你的習題。

●雖然僅僅十分鐘，我也不能放鬆一下。

■你由一隻飛鳥馬上變成一條蚯蚓了。

●對。它的題目，就叫「飛鳥變蚯蚓」好了。

■你對這番布置完全了解了吧！

●完全了解。

■我來考你一下。假定這裏有一個人，他已經做了父親，他的兒子在中學裏念書。這天早晨，兒子上學去了，他踱進兒子的房間，一眼望見牆上掛著兒子新近放大的照片，這是一個多麼俊秀的大孩子啊，滿臉洋溢著青春的光輝，比起電視螢幕上任何一個少年明星毫無遜色。他想：這是我的兒子啊。

●我知道了，這就是「春眠不覺曉，處處聞啼鳥」。

■他動手替兒子整理書桌，一下子看見了上個月月考的成績單，紅墨斑斑，英文數學國文全不及格。

●夜來風雨聲！

■這個孩子什麼都好，就是不肯用功，白白長得那麼聰明，那麼漂亮！去年成績太差，沒能升級，今年第一個月考居然都是紅字！這怎麼得了，簡直要我的老命，也要他媽媽的老命啊！

●花落知多少！

■很好，你及格了。

第三問

鳥飛　熱帶魚　思前想後

左顧右盼　說長道短

坐計程車買錶　向心力和離心力

●老師常常對我說，你的作文寫得太短了，下次要多寫一點兒。我也很想照著他的話去做，可是無論如何做不到，這怎麼辦？

■你們作文課的時間也是兩節課吧。（●是的。）兩節課是一百分鐘，老師照例在宣布題目之後要花幾分鐘講解一下，然後，你們得花十幾分鐘構思，（●十幾分鐘不夠，通常要想半個小時。）那麼拿來寫文章的時間不過六七十分鐘，中間再伸個懶腰，上個一號什麼的，能寫出五百字來就不錯。你的作文，有多長？寫多少字？

●我那能寫出五百字來，有時候我對著題目下筆去寫，一兩句話就寫完了，再也沒有話可寫了。

■沒有關係，你只要能寫出一句話，就可以寫出一百句話。（●真的？）我們來試試看，這裏有一句話：鳥飛，這是一個極其簡短的句子，它簡短，可是並不簡單。鳥飛，鳥在那裏飛呢？（●天上。）鳥在天上飛。有多少鳥在天上飛呢？（●一隻鳥在天上飛。）這隻鳥是一隻什麼樣的鳥呢？（●大概是一隻老鷹吧。）它是怎麼飛的呢？（●大概是在空中兜圈子吧。）好，一隻老鷹在空中轉著圈子飛。你只要能寫「鳥飛」，就能寫「一隻老鷹在空中轉著圈子飛」。只要你能寫「魚游」，你就能寫「一隻紅色的金魚在玻璃缸裏游來游去」。

●有一次，老師教我們寫熱帶魚，我寫了一句「一群熱帶魚在魚缸裏游來游去」，就寫不出來了。

■你已經把「熱帶魚」發展成「一群熱帶魚在魚缸裏游來游去」，很不錯，很有希望，可以繼續向下發展。（●怎麼發展呢？）一群熱帶魚，一群什麼樣的熱帶魚呢？你知道它們的名字嗎？

●不知道。

■你怎樣區別它們？

●有一條魚生了許多黑斑，我管它叫小雀斑，有一條魚生了一條一條的線紋，我管它叫斑馬線，還有一條全身都是銀灰色，我管它叫銀子。

■這是很好的發展，「一群熱帶魚」只有五個字，發展下來有多少字了？「小雀斑，身上生了許多黑斑；斑馬線，渾身都是一條條的線紋；銀子，一身銀灰色的衣服」，你有四十多個字了。你還能不能再多發展一點兒？

●沒有辦法了。

■那麼你來發展「魚缸」。

●魚缸是長方形，四面都是玻璃。

■水裏有什麼？

●有魚，有鵝卵石，有貝殼。（■還有？）還不住地向上冒氣泡兒。

■長方形的魚缸，裝滿了水，四面都是玻璃，水裏有貝殼，有鵝卵石，你又有三十個字了。人人都知道魚缸是長方形，人人都知道魚缸裏有貝殼，這段話太平淡，你可以加個比喻使它新鮮一些，你可以說，貝殼，鵝卵石，是照著熱帶魚的家鄉的樣子布置的，一座魚缸就是一個人工湖。這樣你又有三十多個字了。熱帶魚怎麼游來游去？你再往下發展吧。

●游來游去就是游來游去，怎麼發展呢。

■它是圍著魚缸游，對不對？它們的身體是很扁很扁的，游來游去，總是把扁平的身體朝著我們，像展覽一樣、表演一樣讓我們看清楚。它們還會變換顏色呢，好像一套一套換新衣服。

●這些我都沒有注意。

■既然平時沒有注意，臨時在課堂上只有另想補救的辦法。你寫到這裏發展不下去了，又不能找一缸魚看看再寫，你就換個方向去想去寫吧。（●換個什麼方向呢？）這裏有十二個字：思前想後，左顧右盼，說長道短。

●這三句話都是很通俗的成語，跟熱帶魚有什麼關係？

■你不是寫熱帶魚寫不下去了嗎？那就暫時把魚放下想一想，你以前沒見過熱帶魚，那時候，你是怎麼個想法？

●我以為魚都是給人吃的，沒想到還有專門給人看的。

■等到你見過熱帶魚以後呢？

●我也想養一缸熱帶魚。

■你準備把魚缸放在什麼地方？

●放在客廳裏。

■現在你還沒有養魚。（●沒有。）在你擁有一缸熱帶魚以前，你準備做什麼？

●我的生日快到了，我想要求爸爸買一缸魚，做我的生日禮物。

■你有了一缸魚以後呢？

●我要按時間換水，放飼料。

■好，這就是思前想後。你為什麼想養一缸熱帶魚呢？

●好玩嘛！

■不錯，不過在作文簿上，你似乎應該寫得「文」一點，比方說，養魚可以陶情怡性。還有，養魚可能使你對海洋生物發生興趣，將來就做個生物學家或是水產專家也說不定。有沒人反對養魚呢？（●不知道。）也許有吧，也許你們班上就有人反對，他寫這個題目的時候，可以發表反對的意見。寫熱帶魚通常用記敘，用描寫，但是在記敘描寫之外，你也可以議論幾句，這就是「說長道短。」

●左顧右盼又是怎麼回事呢？

■這是說，如果你家有一缸魚，你在課堂裏還是寫不下去了，你的注意力就暫時移開，想想魚缸旁邊有什麼？魚缸周圍有什麼？你往左邊一看，看見了什麼？

●左邊是書架。

■書架跟魚缸沒有多大關係，有沒有別的東西？（●只有書架。）有沒有什麼可以跑到魚缸旁邊來？你家有貓吧？

●可不是？貓可能跳到書架上看魚。

■你再往右一看呢？右邊是什麼？

●右邊是電視機。

■你們喜歡看魚還是看電視？

●大家一同看電視，逢到電視節目不好看的時候，我們就看魚。

■題目是熱帶魚，你寫魚寫不出來，去寫貓，寫貓也就是寫了魚，你寫電視，寫電視也就寫了魚，這就是左顧右盼。

●思前想後，左顧右盼，說長道短，這麼一發展，我有多少字了？啊喲不得了，超過五百字了，兩節課的時間寫不完了。

■所以呀，作文的問題是話太多，寫不完，得挑著揀著寫，比方說，現在你戴著一隻新手錶，你老早就想買錶，現在你有一隻電子錶，很新，黑不溜偢的，厚厚的，帶幾分粗獷，現在流行這種錶，不流行那種細裏細氣的描金錶。現在流行的褲管，香港衫上的花紋，都不像從前那樣文謅謅的了。這樣說下去，越說越多，可以寫一本書。

●那就越說越遠了。

■太遠了，得拉回來，回到你的新手錶上，你的新手錶是那裏來的？

●是舅舅送給我的。

■舅舅怎麼會想起來送你錶？

●有一天，我問舅舅現在幾點鐘，舅舅說你這麼大了，該用錶了，我送你一隻手錶。

■於是你們就去買錶。

●我們先坐計程車，司機問到那裏去，舅舅說南極鐘錶行，司機一聽馬上有個主張，他說南極鐘錶的老闆架子奇大，女店員講話也難聽，你們怎麼上他那兒買錶？為什麼不到北極鐘錶公司去買錶？北極正在大減價，我載你們去，如果是上南極，我不載，你們另外叫車。

■這位司機很有個性！

●是呀，常坐計程車，會發現有些人的脾氣真怪。

■要是我們交換坐計程車的經驗，那就又可以說個沒完。

●也會越說越遠。

■那要怎麼辦？

●把話題拉回來。

■拉回來談買錶。你們去了那一家？南極還是北極？

●北極。

■真的正在大減價？

●舅舅比較過，的確便宜。

■買東西的人多不多？

●很多，簡直像電影院。

■店員的態度怎麼樣？

●很和氣，都穿著新制服，胸前還有一朵鮮花。

■店裏有些特別的布置吧。

●有，可是我沒看清楚。

■沒看清楚也好，省得越說越遠。你為什麼買電子錶？

●聽說電子錶比較準確，我戴上了電子錶，以後有人問我現在幾點鐘，我可以把準確的時間告訴他。我以前向人家問時間，明明七點半，他告訴我七點五十，害我窮緊張一陣，他們的錶多半不準。

■你以前沒有錶，常常問人家現在幾點鐘，恐怕有許多不愉快的經驗吧。（●是啊。）要是把那些經驗都說出來，恐怕又要越說越多。（●是啊。）所以……

●要拉回來！

■不但拉回來，而且該停止了，文章可以結束了。

●這些都能寫成文章？（■當然！）那怎麼寫得完？別說五百字，恐怕一千字也不夠啊。

■所以我說，問題不在沒有話可寫，問題在話太多，寫不完。

●真怪，本來是沒有話可寫，怎麼一下子變成話太多寫不完了呢。寫不完也是不行的啊。

■找一根細繩子，繩子的一頭拴上一個鐵環，另一頭拿在手裏，你一面把鐵環拋出去，一面把繩子拉緊了，它就一直在空中飛著畫圓圈兒。

●這是離心力和向心力，跟作文有關係嗎？

■作文構思的時候，一方面要抓緊題目，一方面要能向四面八方延伸，題目，就是「心」，文章構思就是在向心力和離心力之間取得均衡，只有離心力固然不行，只有向心力也是玩兒不轉的。你手裏那根繩子的長度，也就是文章的長度，寫長文章，題目多向前延伸一些，圓周大一些，寫短文章，題目少延伸一些，圓周小一些。

●看起來，我以前作文是離心力不夠。

■以後多注意就好了。

第四問

勤能補拙　審案　推動搖籃的手

考試與文體　燈塔與燭火

從挫折中培養勇氣

●老師常常說我不會審題，我自己倒不覺得。「審題」並不難呀。

■審題是作文的第一關，如果把題目看錯了，那就一步錯、步步錯。這裏有個題目，你「審」一下。

●這是誰出的題目呀？「勤能補拙」……

■這是某一年大專聯考的作文題。

●勤能補拙是一句成語，它的意思，人人都很熟悉。這種題目，一眼就可以看穿。《作文七巧》裏說過，這種題目先把結論給你規定好了。不是有些專家反對出這種題目嗎？

■不錯，我也反對過。不過反對歸反對，出題歸出題，你在考場裏還是會拿到這樣的題目，你不能等到把它反對掉了再升學。再說，作文是一種訓練，訓練你怎樣表示反對的意見，也訓練你怎樣表示贊成的意見，「勤能補拙」之類的作文題也不必完全廢除。

●我贊成勤能補拙。那麼，這個題目有什麼好「審」的呢？

■審題的「審」字，你先好好地審它一下。法官問案叫「審案」，審案時那刨根問柢的精神，很值得我們作文的人仿效。比方說，你到銀行裏去提款，銀行給你一包鈔票，你提著那個裝鈔票的紙袋大搖大擺走出銀行。這時候，忽然有人掏出一把手槍指著你，叫你「不要動」！

●哎喲，強盜！

■他說不要動，把紙袋放在地上，向後轉，站到牆根下面去，他說你十分鐘之內不許轉身，等你轉過身來，自然是拿槍的人不見了，你的錢也不見了。這叫「搶劫」。搶劫是大罪，也許要判死刑。（●哎喲！）也許情形不是這樣，也許你提款的時候，旁邊有個人一直在注意你，你提了紙袋出門，他就在後面跟著，到了行人稀少的地方，他趁著你沒有防備，趕上幾步把紙袋抓在手裏轉身就跑。

●強盜！

■這叫「搶奪」。也許你提著錢袋，一路平安，可是你不想馬上回家，你想在外面喝一杯橘子水。你進了冷飲店，找個位子坐下，把錢袋放在身旁的空位上。等你喝完冷飲起身付賬的時候，你才發覺錢袋不見了！

● 這個人怎麼這樣粗心啊。

■ 這一回，不是搶劫，不是搶奪，這一回是「偷竊」。偷竊，搶奪，搶劫，法官可要分得清清楚楚，不能馬馬虎虎啊！你看作文題目的時候也要如此。

● 那麼，「勤能補拙」，我先要弄清楚什麼是「勤」，什麼是「拙」。

■ 不錯。不過還有一個「補」字，你也不可放過。沒受過審題訓練的人，很容易忽略了這個「補」字。倘若不在「補」字上做文章，「勤」和「拙」的關係就扣不穩。

● 這個「補」到底是什麼意思？

■ 你認為「勤」和「拙」是什麼意思？

● 「拙」是沒有天才。

■ 在這裏，「拙」並不是完全沒有天才，它是說天才比人家「小」。天才的形容詞是「大」、「小」，如果不說天才，改說「天分」，它的形容詞是「高」、「低」，天分比人家低就是比人家「拙」。

● 所謂「補拙」，是不是天分變高了，天才變大了？

■ 我想不是那個意思，一個人的天分能不能由低變高，天才能不能由小變大，我們沒有那麼大的學問去下判斷、作結論，我們只知道「人一能之己十之，人十能之己百之，」天分低些的也許就趕上了天分高些的。在理論上一個「拙」而「勤」的人，他的成就往往能趕上、能超過一個「巧」而「懶」的人，在「龜兔賽跑」的故事裏，龜就以它的勤補救了自己的拙。「補」是補救，身體不好，可以用鍛鍊來補救，眼睛近視了，可以戴眼鏡來補救。你覺得比人家拙嗎？別灰心，可以用「勤」來補救。

● 這麼說，在這個題目裏面，最重要的字，是「補」。我當初可沒有想到，我一直以為最重要的字是「勤」。

■ 作文題目的每一個字都應該很重要，審來審去，應該沒有閒字，沒有贅詞。審題就是把每一個字的作用找出來。不過，作文題即使只有兩個字，也應該有一個字是關鍵所在，例如「新年」和「過年」乍看彷彿一樣，但是新年的關鍵在「新」，過年的關鍵在「過」，寫新年要把「新」寫出來，寫過年要把「過」寫出來。「我的學校」和「我的學校生活」不同；「我的學校」是靜態的，「我的學校生活」是動態的，照題作文，應該是兩篇不同的文章。

● 前幾天，我看到一篇文章，說是有一年高中聯考的作文題是「推動搖籃的手」，大家都說這個題目出得好，也有人說這個題目很難寫，不知道怎樣下筆。請問這個「推動搖籃的手」那一個字是關鍵？

■ 當然是「手」。他要你寫某一隻「手」，這手是推動搖籃的手，不是切開鋼鐵的手，不是扣動扳機的手，不是播種鋤草的手。

● 我有一個感覺，我自己也不知道為什麼會有這種感覺：「推動搖籃的手」，好像這句話並沒有說完。

■ 這和文句的節奏有關係。「推動」「搖籃」一連兩個複詞壓在上面，

「的」字承上啟下，壓力直貫下來，下面只有一個單詞「手」，有些收刹不住。如果最後也是複詞，你的感覺就不一樣了。

● 為什麼題目的構造是這個樣子呢？

■ 這個題目是有出處的，它本來是一句格言：「推動搖籃的手，就是創造世界的手。」

● 原來是這樣的！怪不得有人說這個題目不好懂，他們不知道還有下半句。出題目的人為什麼不把整句格言都寫出來呢，為什麼只寫一半呢？

■ 從前中國的考官出題目，常常是說一半留一半的，至少在咱們中國，題目有這麼個出法。有個故事說，主考官拆開密封宣布試題，詩的題目是「柳絮飛來片片紅」。應考的人一看題目都目瞪口呆，沒法下筆。主考官一看事態嚴重，如果大家都交了白卷，怎麼向皇帝交代！他決定放大家一馬，念出兩句詩來：「夕陽返照桃花塢，柳絮飛來片片紅」，大家這才有辦法寫下去。

● 審題光審字面還不夠，還得審沒說出來沒寫出來的。真不容易！

■有些題目越審越有意思。你想想看，「推動搖籃的手」是什麼人的手？

●大概是母親的手吧。（■對！）可是在我們家鄉，做母親的用腳去推動搖籃，不是用手。

■做母親的一面打毛線，一面伸出腳去蹬在搖籃上，這個鏡頭我也見過。不過，做母親的打毛線打累了，會放下工作伸出雙手輕輕地推著搖籃，用她的溫柔的眼睛看著孩子。尤其是到了晚上，母親俯在搖籃上唱催眠曲，這時候她推動搖籃，一定是用手。

●推動搖籃的手，怎麼能創造世界呢？

■能夠創造世界的，是一些什麼樣的人？

●應該是政治家，科學家，哲學家，軍事家。

■這些人要不要在搖籃裏長大？要不要在襁褓中長大？要不要在母親的懷裏長大？

●這麼說，搖籃不一定是搖籃，也代表母親的懷抱。

■它的意義還可以擴大。有沒有聽說過工業的搖籃？農業的搖籃？還有教師的搖籃？醫生的搖籃？

●教師的搖籃，可能是指師範大學。

■如果教師的搖籃是師範大學，推動搖籃的又是誰？

●師範大學的校長。

■政治家的搖籃，科學家的搖籃，哲學家的搖籃，都有一隻「手」在那裏推動，你看這些「手」能不能創造世界？

●這麼說，「推動搖籃的手」這篇文章可以做得很大。

■它也可以很小。

●大做好還是小做好？

■小做，寫母親的手，可以寫成記敘文抒情文，大做，恐怕要做成論說文。（●應該選那一種？）就這個題目而論，你可以自由選擇。

●有人說，不管是什麼題目，他愛寫抒情文就寫抒情文，他愛寫議論文就寫議論文，這話可靠不可靠？

■這要看你是考試呢，還是自由創作。我可以把「論國文之重要」寫成小說。但是，我如果在考場裏這麼幹，準得鴨蛋，因為文不對「體」。

●這麼說，我們在審題的時候，是不是就要決定寫記敘文呢，還是抒情文呢，還是議論文呢？

■應該說是以抒情為主呢，以議論為主呢，還是以記敘為主？「讀書的甘苦」，大概以記敘為主，別看「甘苦」兩個字那麼要緊，也不宜有太多的抒情。「一本書的啟示」恐怕以論說為主，對「一本書」的內容只能簡單介紹。

●究竟有個標準沒有？

■有時候，你得照題目的規定。「論讀書的甘苦」是以論說為主，「記讀書的甘苦」就是記敘為主。「西山遊記」、「核舟記」以記敘為主。「論」、「說」、「記」、「有感」等字樣都很重要，審題的時候要加以注意。

●像「燈塔與燭火」，並沒有「論」或者「記」一類字樣。（■你先審一審這個題目。）燈塔和燭火都在暗夜裏放光，都象徵服務的精神。（■對。）

這些大道理，照例得用議論。（■對。）聽說有人不用議論，他用描寫。

■他可能把燈塔和燭火都描寫得很生動，但是，他最後怎樣把文章「合」起來呢？「燈塔與燭火」，這個「與」字很重要。（●怎樣合起來，倒是沒聽說。）如果燈塔是燈塔，燭火是燭火，描寫的功夫再好，也只是兩個片段，不是一篇完整的文章。

●若是文章的題目沒有明文規定是記敘還是議論，又用什麼做標準？

■這要看文章的內容。「從挫折中培養勇氣」這個題目，可以寫出不同的內容來。想想看，你有什麼材料可用？

●記得從前有個國王，打了敗仗，躲在一座破廟裏避雨。一個蜘蛛在他眼前結網，好容易結到一半，一陣風把網吹破了；好容易又結到一半，一陣雨來又淋毀了。可是那個蜘蛛繼續努力，從頭來過，終於結成一面又大又漂亮的網。那個打了敗仗的國王看到這幕情景，已經失去的信心和勇氣又恢復了。他好像後來又打了勝仗。——我記不清楚了，大致經過是這樣。

■這個材料是一個人經過了一件事，如果寫成文章，以記敘為主。不過你再仔細看看題目。

●從挫折中培養勇氣，最重要的字眼兒是「培養」。

■不錯。挫折給你教訓，挫折給你智慧，你的勇氣並不是一意孤行，蠻幹到底。

●我想起來了，有一個名人，他受了挫折，他去讀偉人的傳記，他受那些傳記的影響，慢慢恢復了勇氣。

■你說的名人是誰呢，他讀的是那幾個偉人的傳記呢？（●忘記了。）這些人名書名都該記住，不過，忘記了也有辦法補救，你別寫記敘文了，你寫議論文。（●啊？）你的觀點是：閱讀名人傳記可以培養勇氣。受到挫折了嗎？喪失勇氣了嗎？去讀偉人的傳記吧。

●我讀過林肯的傳記，也讀過郭子儀的傳記。他們都經過很多挫折。可是他們終於成功了。

■從挫折「中」培養勇氣，這個「中」字也很重要。為什麼說挫折中不說挫折後呢，因為挫折不是一次，是一次又一次，挫折是多數，是一連串。你一面受挫折，一面得到教訓，受到鍛鍊，挫折給你營養，使你越來越壯大，你如果沒受過挫折，你得不到這些營養，你如果置身挫折之外，你受不到這種鍛鍊，你非在挫折「中」不可，你要扣緊這個「中」字。

●唉，我真希望題目越簡單越好，最好只有一個字。比方說，題目是「忍」，抒情記敘議論不拘，那也不用審題了。

■也許有一天作文根本沒有題目，由你寫，寫好了再加個題目上去。不過到那時候，「加個題目上去」也有種種講究，還是得費一番琢磨。

●難怪老師常說：作文，就是要不怕麻煩！

第五問

論孟嘗君　美女楊霞　春遊芳草地
核舟記　昨夜夢魂中　聽雨
作戰的條件　我的學校生活

●作文一定要起承轉合嗎？

■不，作文不一定都要起承轉合。但是，如果你能做到起承轉合，那也不錯。

●我已經在三個地方看見人家談起承轉合，都舉王安石論孟嘗君的一篇短文為例。「世皆稱孟嘗君能得士，士以故歸之，而卒賴其力脫於虎豹之秦。」這是起。「嗟乎，孟嘗君特雞鳴狗盜之雄耳，豈足以言得士！」這是承。「不然，擅齊之強，得一士焉，宜可以南面而制秦，尚何取雞鳴狗盜之力哉？」這是轉。「夫雞鳴狗盜之出其門，此士之所以不至也。」這是合。

■你覺得這樣寫好不好？

●王安石是照「起承轉合」的方法寫這篇文章？

■是王安石這篇文章裏有「起承轉合」。

●別人的文章裏有沒有「起承轉合」？

■通常，你拿起筆來先要決定文章怎麼開頭，第一句怎樣寫，第一段說什麼，這就是「起」。你看，這本雜誌上有篇文章，第一段寫的是：「人人都說楊霞是個美女，她就在我們學校裏讀藝術史，我可從沒見過她。」這就是「起」。

●她到底美不美？

■這篇文章的作者就是要你問這句話。「起」要能夠吸引讀者的注意力，使讀者想往下看。讀者既然想往下看，他就要接著往下寫，你看他是怎樣寫的？

●讓我看下去。……他說他為了看看楊霞長得什麼樣子，一個人偷偷跑去旁聽與他毫無關係的藝術史，誰知在教室門外突然有人問他：「你是來看楊霞的吧？」他連忙否認，沒有進門。

■這就是「承」，「承」是起了頭以後接著往下發展，使「起」的部分更充分。你看，這一起一承，你會這麼想：一定有好多男生為了看楊霞而去旁聽藝術史，要不，這位作者的動機怎麼一下子就給人看破了呢？

●可見楊霞的確長得很美。

■對，「起」是說楊霞美，「承」也是說楊霞美。再接下去應該說什麼呢？作者決定轉個彎，換個方向，起一點兒變化。這就叫「轉」。

●為什麼要「轉」？

■如果有個同學對你說，他媽媽怎樣怎樣喜歡他，他阿姨怎樣怎樣喜歡他，鄰居也喜歡他，由幼稚園大班到初中三年級每一個老師都喜歡他，這樣一個連一個往下說，你聽了煩不煩？想不想聽點別的？

●哦，原來是這樣的！

■你看，下面作者要告訴我們一些「別的」。他說，後來楊霞參加選美，他正在營裏服役。他想，走在伸展臺上的楊霞一定美豔無比。誰知選拔的結果是，楊霞沒有上榜，連最後一名也沒得到。

●這是為什麼？

■這種事情可能發生，不過這篇文章的作者並不打算討論這個問題。

●唉，她又何必去參加選美呢？

■那也是題外之言。這位作者要說的是，他退伍歸來，終於在一個宴會上見到楊霞了，他說，楊霞果然很美，寫楊霞的美，他差不多用了一千字。可是，他說，他總覺得楊霞缺少一點什麼，楊霞好像失落了什麼。作者說，看來選美給她的打擊很大，楊霞失去的，是自信，楊霞缺少的，是由自信產生的活力和光澤。

●啊！

■最後，作者說，他認為未參加選美之前的楊霞才是美的，可是機會是一去不返了。以後，每逢想起楊霞，他總覺得從來沒有見過她。

●啊！

■這就是「合」。

●合得好！

■你看，你的反應，證明「起承轉合」原是讀者的自然的要求。說到這裏，我想起小時候讀過的一首詩。

●那一首詩？不知道我讀過沒有？

■這首詩是：春遊芳草地，夏賞綠荷池，秋飲黃花酒，……

●冬呢？

■冬賦白雪詩。

●我沒讀過。

■這首詩是北宋的汪洙專為孩子們編寫的教材，千家詩沒有迭它，民國的小學國語倒選上了，那時候，選教材的人認為這首詩對仗工穩，可以給學童許多啟發。你喜歡不喜歡這首詩？

●我說不上來。

■如果用「起承轉合」的眼光看這首詩，你認為它怎麼樣？

●它好像沒有「合」。

■對呀，我當初也這麼想，總覺得這首詩沒寫完，下面還該有；又覺得它不像是一首獨立的完整的詩，像是從一首長詩裏頭摘出來的四句。

●它也沒有「轉」。

■不錯。這四句詩的佈局，是平列的，平列式的寫法可以不「轉」。你寫「我的家」，寫父親怎樣，母親怎樣，爺爺怎樣，可以沒有轉折。平列式的佈局最後不能不「合」，你寫「讀書的益處」，第一怎樣，第二怎樣，第三怎樣，最後總得來個「總而言之」。

●我想起「核舟記」，寫用一枚桃核刻成的一條船，寫完了船上的各樣物件和人物之後，最後說：「通計一舟，為人五，為窗八，為箬篷，為楫，為爐，為壺，為手卷，為念珠各一；對聯、題名並篆文，為字共三十有四。而計其長曾不盈寸，蓋簡桃核修狹者為之。嘻，技亦靈怪亦哉！」

■對了，我就是這個意思。

●我也想起一首「好像沒寫完」的詩，應該說是詞。「多少恨，昨夜夢魂中。記得舊時遊上苑，車如流水馬如龍，花月正春風。」我一直以為這是半闋。

■這是李後主的「大作」，敢說他「好像沒寫完」的，也許只有你吧。

● 詩要有「言外之意」，也許用不著「合」？

■ 不錯。有時候，詩人留下缺口，讓讀者自己去「合」。例如蔣捷的詩：「少年聽雨歌樓上，紅燭昏羅帳。壯年聽雨客舟中，江闊雲低斷雁叫西風。如今聽雨僧廬下，鬢已星星也，悲歡離合總無情，一任階前點滴到天明。」

● 我們讀完了這首詞，怎麼個「合」法呢？

■ 這首詞最後「一任階前點滴到天明」的時候，你覺得他把前面的壯年聽雨和少年聽雨都化進去了，整首詞的人生經驗是一，不是三。

● 我怎麼沒有這個感覺？

■ 大概因為你的年紀還輕吧。我來換一個例子：拿破崙曾經說過，作戰有三個條件，第一是錢，第二是錢，第三還是錢！

● 這是三個條件還是一個條件？

■ 他是強調必須有充足的軍費，你已經把它合起來了。

● 這個「合」比較容易。

■孔子說，他十五志學，三十而立，四十不惑，五十知命，六十耳順，七十不逾矩。這一段話你一直讀下來，讀到最後一句「不逾矩」，這最後一句就是總結，給人以「水到渠成」的感覺。

●這個「合」比較難。

■你現在可不能學李後主噢。

●我得學王安石。我正在想用「起承轉合」寫「我的學校生活」。您看我該怎樣「起」？

■「起」要起得漂亮，讓人家想看下去。我多年前見過一篇「我的學校生活」，開頭第一句「我是第一女中的男校友」。你看「起」得好不好？你想看不想看？

●是啊，女中怎麼會有男校友呢？

■多年以前，新店有個初中，由第一女中代辦，名義是一女中的分部。這個初中男生女生都收，男生想說俏皮話，就以一女中的學生自居。

●他們穿不穿一女中的制服啊？

■他們不穿一女中的制服，但是唱一女中的校歌，領一女中蓋了大印的證件。

●他們能不能升到一女中去讀高中啊？

■當然不能。但是他們去考別的高中，用的是一女中分部的學歷。

●這可真有意思。這種有意思的事情我沒趕上，那怎麼辦？

■你讀的學校，總該也有些事情很有意思吧？

●我們的學校緊靠在鐵路旁邊，火車經過的時候，教室裏地動山搖，玻璃窗嘩啦嘩啦響。有時候，火車經過，我們正在考試，同學們趁機會通通消息，老師一點也聽不見。這種事情也能寫嗎？

■你要是問訓導主任，他一定說這種事既不能做，也不能寫。我呢，我認為這一類的小淘氣，本來不該做，既然做了，倒是不妨寫出來。學生嘛，可以小淘氣，不能大淘氣，大淘氣可怕，小淘氣可愛。

●我開頭就寫這一段好不好？

■一開頭就寫考試作弊？那又不太好。再說，有些材料現在就可以寫，有些材料要留著將來寫，等你進了大學，回憶中學時代的生活，那時候寫怎樣趁著火車經過的時候把選擇題的答案念出來，更有意思。現在，我想，火車一天經過好多次，總不會都在考試的時候吧？

●有時候我們正在念書，有時候老師正在講課。我們念書的聲音，火車經過的聲音，常常混在一起。

■好，就用書聲和火車聲做「起」。

●我來寫：我們的書聲和火車的聲音，總是混雜在一起。

■加上形容詞。

●琅琅的書聲，轟隆轟隆的火車聲。

■這地方不要用「混雜」，一說「混雜」，書聲就醜了。書聲應該是很美的。

●改成「攪拌」吧？

■把整個句子念一遍。

●我們琅琅的書聲，總是和轟隆轟隆的火車聲攪拌在一起。

■「我們」兩個字顯得突兀，上面加上時間。

●三年來，每天早晨，我們琅琅的書聲總是和轟隆轟隆的火車聲攪拌在一起。

■你看這樣是不是好些？

●寫一句，就要費這麼多心思呀。

■推敲嘛。

●下面該「承」了吧。

■當然。下面你要寫書聲和火車聲是怎麼聯在一起的。

●因為學校就在鐵路旁邊。

■下面接著寫讀書和火車的關係，你們上學要不要坐火車？是不是坐在車上——甚至站在車上——也溫習功課準備考試？會不會坐在車上就像是坐在教室裏，坐在教室裏聽見車聲的時候又像坐在車上？把這些寫出來，一面托住「起」，一面準備「轉」。

●我現在要寫記敘文，怎樣轉才好？

■議論文的「轉」，是換個角度，說另外一層意思，記敘文的「轉」，多半是寫事情的變化。比方說，火車忽然不經過這裏了，鐵路拆掉了，萬華到新店本來有條鐵路，現在不是沒有了嗎？

●我們學校旁邊那條鐵路並沒拆掉。

■或者，火車照常經過，可是沒那麼大的噪音了，鐵路電氣化以後，火車走得又快，聲音又小。

●我們旁邊那條鐵路也沒有電氣化。

■或者，你轉學了，你換了一個學校。

●我也沒轉學。

■你現在讀三年級，再過半年，你就要畢業了，這是一定會發生的事情，你就從這上面「轉」吧。

●好。「再過幾個月，我畢了業，就要離開這個學校，聽不見這隆隆的車聲了。」

■別這麼快，這樣太急促了。先想像一下新學校是什麼樣子。——想不出來是不是？就寫你想不出來。

●好。「再過幾個月，我要畢業了，我要離開這裏，升入另外一座學校。我不知道那座學校在那裏，不知道它是什麼模樣，但是我知道，我是不會再聽見這種隆隆的車聲了。」

■不要「但是」，「但是」已經藏在「再過幾個月」那一句裏。刪掉「但是」，不要馬上說聽不見車聲，先說別的聲音陪襯一下。

●好。「我知道，我得把琅琅的書聲留下，把爭吵不休的麻雀和熱情吶喊的蟬留下，把隆隆的車聲也留下。」

■換個比喻形容車聲，「隆隆」用得太多了。

●雷也似的車聲。

■把「雷」字改成複詞。

●雷霆似的車聲。

■雷霆太嚴重了。

●奔雷似的車聲。

■很好，「奔」字寫出了火車的「動」來。下面可以「合」了。

●怎樣「合」？

■寫到這裏，你似乎是在抒情了，怎樣「合」，由你的感情來決定吧。

●我真有點捨不得離開我現在的學校。我想，到那一天，我對這討厭的車聲，會十分懷念。

■就用你這幾句話作結。「討厭」兩個字太重，跟你流露出來的抒情的意味不能配合，可以改成「多事」。念一遍聽聽看。

●我真有點捨不得離開我現在的學校。我想，到那一天，我對這多事的車聲，……

■念不下去了是不是？最後這一句的語氣急促，收刹不住。這地方最好用猜測的語氣，感歎的口吻，使句子長一點，語氣悠長一點、緩慢一點。「我對這多事的車聲，也許會時時懷念，覺得回味無窮呢！」

第六問

望子成龍　柔情似水　創造比喻
莎士比亞　太大和太小　蝨子
秒針　乍願君如天上月

●你在《作文七巧》裏說，作文要會用比喻。近來我看書特別注意比喻，見了比喻就抄下來，已經抄了兩百多條。

■讓我看看。望子成龍，杳如黃鶴，千里鵝毛，如簧之舌。這些都是成語，成語裏頭找比喻，可以找到很多。「柔若無骨」，這個不是比喻，「柔情似水」，這個才是。「芙蓉如面柳如眉」，「受降城上月如霜」，詩裏也有很多比喻。「跳進黃河洗不清」，對，俗語諺語也是一個寶庫。你知道「跳進黃河洗不清」是什麼意思嗎？

●這是說嫌疑很大，怎麼解釋也沒有用。

■為什麼說跳進黃河呢，（●因為黃河裏的水多。）你說對了一半。中國河流以黃河的水最渾濁，泥沙最多，地理書上會告訴你泥沙在一立方公升的水裏佔幾分之幾，一年有多少億噸泥沙沉澱在河底下。你用這樣的水洗臉洗澡是洗不乾淨的，洗完了，還有泥土留在身上。「跳進黃河」有怪你選錯了河水的意思，也就是說你自己不懂得躲避嫌疑，惹上麻煩。這個比喻只有用「黃河」

才貼切。

●我抄的比喻還有「那裏河水不洗船」，「十年河東，十年河西」，「河裏淹死會水的。」

■你把跟「河」有關係的比喻集在一起，加以比較，這個辦法很好。這樣你會發現一樣東西可以拿來比許多事物，一條河，一朵花，你都可以使用無數次。這裏有一條好像是對仗的，「芍藥花開菩薩面，棕櫚葉散夜叉頭。」你觀察過芍藥花沒有？

●沒有。棕櫚樹倒是天天看見，家門外面人行道上有的是。有時候，尤其是颱風季節，披頭散髮的樣子，白天還不覺得怎麼樣，夜晚的確有幾分可怕。

■這裏又有一條：修剪過的花，開成一首七律。這一條很有創意。中國庭園一向主張生機自然，有些人受西方影響，把一排花或是一行小樹修剪得方方正正，規規矩矩，呈現出「幾何」之美。

●我能不能說「修剪過的小樹，長成一片幾何？」

■可以，我想可以，但願你的老師也不反對。

●這裏有兩句比喻，我覺得很奇怪，一句是「離別像死亡一樣長」，一句是「歡會像死亡一樣短」。人在離別中覺得時間特別長，在歡會中覺得時間特別短，這個我懂，可是死亡怎麼會忽長忽短？

■這個比喻的匠心所在，就是死亡可長可短。人死不能復生，因此死亡很長很長，這是指死亡之後。孔子是在公元前四七九年死的，到現在兩千多年了，再過兩千年，孔子仍然是死了，孔子永遠死了，死亡不是很長嗎？可是如果不說死亡之後，單說死亡之時，你在電影上也常看見，人在臨終的時候眼一閉，頭一歪，不就死了嗎，死亡不是很短嗎？

●唉，比喻嘛，它非常重要，可是實在很難。

■比喻很重要，可是並不難。別的事情也許越重要越難，語文的使用我看是越重要越容易。（●那怎麼會？）會的！越重要，越是人人要用，時時要用，它也就難不到那裏去。

●你說比喻人人要用時時要用？不是只有作家才在那裏挖空心思找比喻，好久好久才想出一個來嗎？

■作家想的，是創造性的比喻，是別人沒有用過的比喻。大眾日常說話寫信，用的是約定俗成的比喻，通行已久的比喻。由這些通行已久的比喻，可以看出比喻無所不在，人人不知而行。我們不是都管演員叫明星嗎？「明星」就是比喻。

●演員叫明星，大牌演員叫天王巨星。（■電影界戲劇界叫星海。）新演員叫新星。（■演員死亡叫隕星。）有一本書叫《星譜》，我還以為是天文學，打開一看，原來是演員的小傳。

■吃喜酒，有人酒量大，人家就說他是海量。如果說「海」是「大」的意思，當然也可以，我們從比喻的角度看，海就是海，海量就是如海之量。（●人海的「海」也是比喻嗎？）萬人如海一身藏，是比喻。

●這麼說，「鐵漢」也是比喻。（■不錯。）鬼計也是比喻。（■不錯。）山積，斧正，光臨，豈不都是比喻？

■山積，斧正，是很明顯的比喻。有些比喻不明顯，像「滅亡」，就是像火滅了，像人死了。我們說某人很「厚道」，某人很「薄情」，厚和薄都來自比喻。

●有句話是人情比紙薄。

■一個人的頭髮白了，我們說他一頭銀髮，這個「銀」是什麼意思？字典上說，銀，白色，沒錯；我們說，銀，像銀子一樣的顏色，也沒錯。銀髮，銀白色的頭髮。不過銀子表面氧化以後就沒那麼白那麼亮了，那種顏色叫銀灰，銀髮也可能是銀灰色的頭髮。

●是不是也可以這樣解釋銅綠？（■可以。）也可以這樣解釋雪白？

（■可以。）黃色有橘黃，米黃，金黃，——怎麼又說金紅？

■純金閃爍著近乎紅色的光芒，叫赤金。

●金紅，還有火紅。——還有火急，像失了火一樣急。

■也不一定是失火。你在營火晚會上觀察過火沒有，燃燒的時候，火在柴上是有一幅急急忙忙的樣子。

●還有「猴急」，猴子總是沒有耐性。

■你看，天地間皆是比喻。（●比喻中自有天地！）離開比喻，我們說話就有困難。

●有些比喻，只看見人家這樣寫，沒聽人家這樣說。像這一條：路是一河晚霞，我是凌波的仙子。

■路是一河晚霞，大概是剛下過雨，柏油路面上有水，水裏有霓虹燈的倒影吧？（●是的。）凌波仙子，就是走在馬路上的人了？（●是的。）這樣的句子有「文藝腔」，只能在寫作的時候用。恐怕只能在寫詩的時候用。有時候寫抒情的散文也行。

●雨是抽不完的絲，織成一張大網，任我在網中掙扎。（■這句也不錯。）落日如猛將受傷吐出來的一口血。（■哎喲，這一句好可怕，教人忘不了。）人生就是你駕著一條新船，在一條陌生的航線上航行，手裏的航圖模糊不清。

■這一句，倒是寫論說文也可以用了。

●這些比喻是怎麼想出來的呢，怎樣才會產生比喻呢？

■這，很難說明，這與「才情」有關係，與「靈感」也有關係。有一年我讀莎士比亞的劇本，那裏頭比喻真多，讀著讀著我忽然有一點兒領悟，他老人家有些比喻是用「大遠景」的手法產生的。你知道，電影鏡頭有遠景、中景、近景和特寫。遠景，鏡頭攝出來的空間大，空間裏的景物就相對縮小，這時看上去景物就不像原來的東西，像是另外一種東西。如果近景是山坡上有許多人，山頂上有許多人，山腳下也有許多人，大遠景把整個山照出來，滿山是人，這時候人縮得很小，看上去就不像人，像一堆昆蟲，或者像一群螞蟻。所謂「蟻聚」，就是這種情景。

●莎士比亞也用「蟻聚」嗎？

■我沒見他用「蟻聚」，我見他說「人們都像蝴蝶，只向炙手可熱的夏天翩翩起舞。」他說「在世界的大卷冊中，英國是廣大水池裏的一個天鵝巢。」他在描寫一個英雄的時候把凡夫俗子都縮小了，你看，「他像一個巨人似的跨越這狹隘的世界，我們這些渺小的凡人一個個在他粗大的腿底下行走，四處張望，替自己尋找不光榮的墳墓。」

●這麼說，「人山人海」就是大遠景手法，「山是凝固的波浪」也是。

■凡是太大的景象都難比，你那裏去找同樣大的東西？你描寫天空，那裏去找跟天空一樣大的東西做比喻？你說天如「穹廬」，像中央高四面低的圓頂，像蒙古包，你把天縮小了。

●我想起長江「如帶」。

■說長江像一條帶子，是故意貶低長江，抹煞了長江的氣勢。如果你見過那麼大的江，你會說那不是一條帶子，那是一根血管，你自己的動脈血管。它的每一個波浪都撼動你全部的神經。

●景物太大，固然難寫，景物太小，也不好辦。不知道莎士比亞是怎樣處理的？

■有時候，莎士比亞把他要描寫的景物放大。放大可以誇張效果。他描寫一個人受了傷，要死了，「創巨痛深的傷口，像是一道毀滅的門戶。」把傷口放大到門戶的程度。另外，他描寫一個英雄打了勝仗，立下戰功，自己身上也多處受傷，他說：「每一個傷口都是敵人的一座墳墓。」這又把傷口放大到墳墓的程度。他描寫英雄為了復仇興兵打仗，士兵的每一根頭髮都是一條懲罰的鞭子，又把頭髮放大到鞭子的程度。

●我們就用放大的方法描寫很小很小的東西好不好？

■從前徽、欽二帝被金兵擄去，生活很苦，身上生了虱子，皇帝不知道這叫虱子，寫信回來說：「朕身上生蟲，形似琵琶。」他就是把虱子放大到琵琶的程度。

●虱子像琵琶，跳蚤像什麼？

■你可以換個角度放大它。跳蚤的特點是會跳，而且跳得很高，有人說，如果以身體大小和跳起來的高度作成比例，跳蚤是跳得最高的動物了。你沒有見過一窩跳蚤同時跳起來？我見過，如果要我比給你聽，那就像一個黑色的炸彈突然爆炸。

●你在《作文七巧》裏提到秒針。像秒針這樣小的東西用什麼比喻好？

■我一直忘了告訴你，比喻不是孤立存在的，他是整篇文章的一小部分，用什麼樣的比喻，得看文章需要什麼樣的效果。莎士比亞寫的是復仇之師，士兵的頭髮才會和鞭子聯起來，如果你寫美容院，能說頭髮像鞭子嗎？美容院要鞭子做什麼？英雄馳騁疆場，全勝而歸，他身上的傷口才是敵人的墳墓，如果是颱風把房子吹垮了，磚瓦在你頭上敲了一個洞，還能說是敵人的墳墓嗎？那兒來的敵人？

●可見別人的比喻雖好，自己未必合用。

■你可以學別人的「方法」。剛才你提到秒針，我想起我讀過的兩篇文章。一篇形容秒針像「雞啄碎米」，整篇文章懷念農村生活；另一篇寫的是道路辛苦，在家千日好出門一時難，秒針在他眼裏就不同了，他說秒針一步一步走得很慢，每一步都好容易擺脫了地心吸引，就像他當年背著行囊在泥沼裏前進一樣。

●這裏有一個比喻，形容菌類的形狀像原子爆炸升起的雲柱，這該是一種毒菌啦？（■對啊！）把杜鵑花的紅說成哭紅，燒紅，或是潑紅，文章裏的感情一定不同啦？

■不錯，我的意思你都明白了。

●以後再讀到好的比喻，我得把整篇文章影印下來才行。

■如果有一首詩或一篇文章很精短，如果他用比喻又用得很多也很好，我們得考慮讀熟了，能背誦。我這本書裏有一篇送別詩，台灣詩人丘逢甲寫的：

●乍願君如天上之月出海復東來。（■這是比喻。）不願君如東流之水到海不復回。（■第二個比喻。）有情之月無情水，黯然銷魂別而已。況復一家判胡越？百年去鄉里，關門斷雁河絕鯉。（■這是用典。）萬金不得書一紙。噫嘻乎嗟哉！遠遊子，春風三月戒行李。留不住簫上聲。（■比喻。）拭不滅玉上名，（■比喻。）千塵萬劫，銷不得屋梁落月之相思、河梁落日之離情。（■用典。注意典故引起的聯想，有時候和比喻的功能相同。）山中水，出山不復清。海中月，出海還復明。（■都是比喻。）不惜君遠別，惜君長決絕。知君來不來，看取重圓月。

■你看到了吧，這首詩用了許多比喻，而且開頭用明月海水作比喻，結尾再用明月流水作比喻，首尾呼應。

●好啊，這個首尾都用比喻互相呼應的寫法，我要學一學。文章開頭，我說學好事如同逆水行舟，學壞事如同順水推舟。文章結尾，我說寧願逆水行舟走得很慢，不願意順水推舟走得很快。

■一頭一尾都有了，中間說什麼呢？

●中間嘛，我得好好想一想。

第七問

慈母手中線　校園大拍賣　立意

翻案文章　李老師的婚禮　迷你裙

●慈母手中線，遊子身上衣，臨行密密縫，意恐遲遲歸。

■怎麼不念下去？

●這最後兩句，究竟是議論呢，是描寫呢，還是抒情？——「誰言寸草心，報得三春暉？」

■這兩句很不簡單。它是兩個比喻，以「寸草心」比人子，以「三春暉」比慈母。草木本無心，何嘗有報答春天的想法？而詩人用「報得」兩個字把它們聯起來，使兩個分別存在的意象合成一個連續的意象。（●那麼這是描寫了？）可是這是一個問句，「誰言」，誰說的？好像怎樣報答春暉，怎樣報答母愛，這個念頭已經在心裏盤旋了很久很久。這就是抒情，通過描寫來抒情。

●「誰言寸草心，報得三春暉」，好像也有點議論的味道？

■不錯，因為「誰言」也可能不是在問。「誰說我辦不到！」下面可以用驚歎號，不用問號，這樣，「誰言」的語氣是否定，誰說我辦不到就是我辦得到，「誰言寸草心，報得三春暉」就是「寸草心」報答不了「三春暉」。這樣，它就是議論，用比喻來議論。

●這兩句詩的意思有這麼多變化！

■還有呢。「寸草心」可能是「寸草的心」，也可能是「寸草一樣渺小的心」，寸草是比喻，形容人子的心力微薄；「三春暉」可能是三春的陽光，也可能是像三春一樣的溫暖，三春一樣的博大，「三春」也可能是個比喻。如果這樣看，這兩句詩的語意就又落實在遊子身上：遊子，像寸草一樣渺小的遊子，能報答三春一樣的母愛嗎？誰說的？

●難怪這兩句詩這樣出名，仔細咀嚼起來，真是意味無窮。

■有人說，詩人是先有了這最後兩句，才決定寫這首詩的。也就是說，詩人要借著母親替將要出門遠行的兒子做衣服，寫出母子兩代的「代差」，寫出兒女對父母的虧欠。你還沒出過遠門吧？（●沒有）如果你出過遠門，你就知道，你心裏充滿的是廣闊的天地，新奇的事物，恨不得立刻飛出門去，何嘗把她老人家的「密密縫」放在心上呢？何嘗想到「遲遲歸」給她造成的心理負擔呢。

●她為什麼要自己做衣服呢，為什麼不帶兒子到百貨公司裏去買呢？

■你想想這是誰寫的詩呢，那時候那來的百貨公司？別說唐朝宋朝，幾十年前我離家的時候，所有的行李都是母親一針一線縫起來的。（●我很喜歡聽你們老一輩講年輕時候的故事。）那時候國家正在對日抗戰，我們背著個大行李到很遠的地方去讀初中，這一去不知何年何月才回家。讀了兩年，學校要搬到更遠更遠的地方去，行李背不動，又沒錢雇車，再說到了外面過的是團體生活，從家裏帶出去的東西也多半用不著。校長教我們來一次大拍賣，我們把行李從儲藏室裏拿出來在操場裏攤開，讓附近做生意的人來買，住在附近幾個村子的人都來看熱鬧。那天我在這個臨時市場裏走了一圈兒，我猜你沒見過那個場面。（我沒見過。）見過那種場面，你才知道什麼是慈母手中線。（●你們都帶了很多衣服？）有的人把他從家裏帶出來的鞋子擺出來，不是一雙鞋，是四雙五雙，尺寸一雙比一雙大。（●為什麼？）因為他的腳會長呀！他十五歲穿的鞋子比他十四歲穿的鞋子要大一些是不是？（●都是他母親做的嗎？）

他母親一雙一雙都替他準備好了，每一雙鞋子裏還塞著一雙襪子呢。（●襪子一定也是一雙比一雙大！）有人帶出來七八件小褂，也就是手工做的老式的襯衫，那些小褂的領子也是一件比一件大，袖子一件比一件長，小褂的口袋裏還裝著手帕，疊得方方正正的，那些手帕也是他母親裁了布縫了邊做出來的。

●你們都把它賣啦？

■而且賣得很便宜，簡直半賣半送！

●好可惜啊！

■我到現在還心疼。

●你為什麼不把它寫出來呢？

■如果寫，你認為應該怎麼個寫法？

●照實際的情形寫出來，不是很動人嗎？

■寫出「慈母手中線，遊子身上衣，臨行密密縫，意恐遲遲歸」就可以了？

●好像不行，最後兩句還是不能不要。（■為什麼？）沒有「誰言寸草心，報得三春暉」，好像前面的四句都沒有著落。

■你說對了。詩人為什麼要寫「慈母手中線，遊子身上衣」呢？他有了「慈母手中線、遊子身上衣」的材料以後，心裏打的是什麼主意呢？他打的主意就是借「慈母手中線、遊子身上衣」來表現「誰言寸草心、報得三春暉」。他要我們以春暉難報的心情看慈母縫衣。這就是你們老師在作文課堂上常說的「立意」。

●這麼說，你寫操場大拍賣也得先「立意」。（■當然。）你也立意寫春暉難報不是很好嗎？

■春暉難報是個永恆的主題，以前不知有多少人寫過，以後不知道還有多少人要寫。作文這樣立意，當然再妥當也沒有。不過我要順便提醒你，同一個題目，同一種材料，張三的立意可能和李四不同，王五的立意又可能和張三不同。正因為有可能不同，「立意」才十分重要，倘若立意只有一個，人人相同，那就只要把標準立意背下來就行，用不著訓練了。

● 操場大拍賣還能立個什麼樣的意呢？

■ 有一次，我把操場大拍賣的故事講給一個朋友聽，他歎口氣說，那些做母親的為什麼要替兒女準備得那麼周全呢，兒女有兒女的天地，兒女有兒女的生活方式，他們不能永遠在父母畫的框框裏生活。還是少替他們做兩雙鞋吧。你看，這就是另一種立意。

● 如果立了這麼一個意，文章寫出來就不同了。

■ 這就成了勸父母放鬆心情，別把兒女抓得太緊，相信兒女的能力，等等。

● 慈母手中線，我第一次看到這句詩的時候，我想到的是毛線，遊子身上衣，是一件一件毛衣。我還想到，有些同學接到媽媽寄來的包裹，打開一看，不是嫌媽媽打的樣式不好，就是嫌毛線的顏色不對，他情願上百貨公司另外去買一件呢。

■唉，這不是比操場大拍賣更要傷父母的心嗎？

●我有個同學，你猜他怎樣解釋這兩句詩？他說慈母手中線，是做媽媽的天天在毛衣工廠裏做工，遊子身上衣，是工廠裏發了工資，媽媽寄給女兒，女兒到百貨公司去買衣服。

■他的想像力倒是很豐富的。不過，下一句是「臨行密密縫」，怎樣解釋這個「縫」呢？（●他說毛衣打好了也有一個「縫」的步驟。）還有「臨行」呢，「臨行」作何解釋呢？（●這樣他就不能自圓其說了。）我想他並不是認真解釋這首詩，他是說著玩兒的。

●有些翻案文章，乍一看，真和說著玩兒差不多。你上次說，文人多半以竹比君子，有一首詩偏不以為然，它說竹子怎麼會是君子呢，壓力來了它就彎腰，壓力從東邊來它往西彎，壓力從西邊來它又往東彎。這話真好玩兒！

■對了，你提到翻案文章，更可以看出「立意」的重要。翻案就是立意相反。王安石讀了孟嘗君的傳記，寫出那篇很短的文章，他先立意，他要說孟嘗君門下並沒有「士」，真正的「士」不會到孟嘗君那裏去。

● 立意是不是一定要翻案？

■ 當然不是。許地山的〈落花生〉，稱讚落花生有各種美德，他並不是要翻案，他是找到了一個別人忽略了的角度。

● 我很喜歡翻案文章。怎麼沒有人編一本書，叫「翻案文章觀止」？

■ 這個書名很好，如果有這樣一本書，學習作文的人看看，不懂怎樣「立意」的人也就懂了。例如人人說韓信是漢初三傑之一，〈隨園詩話〉記載，有位詩人偏要說韓信算什麼人傑？他窮到沒有飯吃，靠漂母救濟，他後來雖然做了大官，卻又被呂后殺了，這個人「窮不能自保，達不能自保」，說是人傑，豈不可笑？寫這首詩的人先立意認定韓信算不得人傑，下筆就容易發揮了。不過我再說一遍，立意不是「立異」，不一定翻案，你說韓信是人傑，或者說韓信不是人傑，都是立意。翻案文章的立意特別凸出，特別能刺激我們的注意，特別適於觀摩，如此而已。

●你在《作文七巧》裏面提到怎樣記述人家的結婚典禮。

■那一段話偏重題材的選擇。

●最近，我們的導師李老師結婚，邀我們全班同學觀禮。國文老師事先通知我們，下星期的作文題目就是「李老師的婚禮」。我特別帶了筆記本去，把材料記下來。（■你作文的成績一定不錯？）可是老師發作文簿的時候，說我寫得不好。

■你記下來的材料是什麼呢？

●我分四大類：第一類，人物；第二類，動作，第三類，聲響；第四類，物件。（■人物不外新郎新娘，證婚人主婚人，男女儐相，各位來賓。此外還有什麼人？）飯店的侍役，婚禮的招待員，花僮，樂隊，都是人物。（■物件呢？喜燭喜帳，餐具菜式，服飾化裝，還有？）那一串鞭炮特別長，我特別注意那串鞭炮。還有禮車，紅氈，新娘捧的花球，新郎戴的戒指。（■你可真仔細啊。禮堂的聲響，是些什麼呢？）禮堂裏充滿了嗡嗡的聲音，滿屋子來賓自由交談，中間夾雜著司儀唱禮的聲音，證婚人致詞的聲音，碗碟碰撞的聲音，來賓鼓掌的聲音。（■應該還有樂隊奏樂的聲音。）還有孩子哭鬧的聲音。鞭炮燃放的聲音。

■你還記下了結婚典禮的動作，這一部分很重要。有沒有特別精采的地方？

●我記下他們一個一個就位，一個一個在證書上蓋章，新娘新郎行了交拜禮，交換了飾物。新郎新娘退席的時候來賓用花炮「攻打」他們。然後是大家拉開椅子，開酒，上菜。

■你下了這麼大的功夫，怎麼會寫不好？

●現在我知道了，我那篇作文沒有「立意」。可是我應該立什麼意呢？

■如果你不立意，你的材料是一盤散沙，而且每一顆沙粒都是死的。

●我到現在也不知道立什麼意才好。

■既然是老師的婚禮，於情於理，你是道喜來的。你的心裏應該很高興。禮堂裏的一切情形，都是熱熱鬧鬧，喜氣洋洋，就算誰擠翻了桌子，誰家孩子在禮堂裏撒了尿，也都能增添喜氣。於情於理，你寫的是一篇道喜的文章。這樣，你的材料就活了。

●可是那天禮堂裏實在太擠，冷氣又不夠，擠得大家出汗。新娘不守時，證婚人也不守時，典禮晚了兩個鐘頭，我的肚子都餓扁了。偏偏證婚人喜歡演講，長篇大論沒個完，又聽不清楚他在說什麼，新郎新娘也很受罪。

■文章立意要出乎自然，不能勉強。你真實的感覺既然是這樣，立意自又不同。中國人的婚禮到底應該怎樣舉行？用什麼樣的儀式？從前的拜天地是廢除了，現在流行的一套並不恰當，有人用八個字來批評：不中不西，不倫不類。固然少數民族有他們傳統的儀式，信奉宗教的人有他們專用的儀式，可是一般人呢？一般人佔多數。如果你立的是這個意，儘管你記錄的資料照樣用得上，可是寫出來的文章迥乎不同了。

●我喜歡這樣寫。

■你如果這樣寫了，新郎有什麼感覺？他可是你的導師啊。於情於理，你又不便馬上這樣寫。你只能把「立意」儲存起來，留著以後再用。

●寫結婚典禮，還有沒有別的「立意」呢？

■我想一定有，我們以後隨時留心。有一年，臺北流行一種很短的裙子，叫「迷你裙」，ＭＩＮＩ。意思是最少最小。這種裙子太短了，成為大家爭論的話題，報紙雜誌上一共出現了五種意見。

●五種意見！我還以為無非是贊成和反對兩種呢。

■贊成，反對，是兩種最基本的反應。此外還有「有條件的贊成」、「有條件的反對」和「聽其自然」。

●反對的理由我想得出來，有傷風化啦什麼的。那贊成的人又怎麼說呢？

■贊成的人說，女子有愛美的天性，她要穿就讓她穿，女孩子穿迷你裙可以表現社會的青春活力。另外有些人說，迷你裙不是不能穿，要看什麼樣的人穿，如果體重兩百磅，大腿小腿一般粗，你穿那麼短的裙子幹什麼？（●說得也是。）還有人說，迷你裙可以穿，要看在什麼場合穿。如果你是教師，你站在講臺上面對學生，你的服裝就得樸素端莊，你的大腿再美，也不宜在那裏展覽。

●有意思！贊成，反對，有條件贊成，有條件反對，都有了。你剛才說還有一種意見是聽其自然？

■這一派的意見是，這種流行的玩藝兒，好也罷，壞也罷，都不會長久，由他去，流行一陣子，像一陣風颳過去，就沒事了。

●可不是，現在很少看見迷你裙了。

第八問

有我　澄清湖　無我　我家的狗
游泳的人數　媳婦的鏡子
最好的酒　鼠肉　託物　第一人稱

●有一家雜誌討論「有我」和「無我」，登了很多文章，您都看到了吧。

（■看到了。）到底怎樣寫才是「有我」，怎樣寫才是「無我」？

■你怎麼忽然問起這個問題來了？要想一下子教你知道怎樣寫是「有我」，怎樣寫是「無我」，可不容易啊。有我之境和無我之境，是王國維先生在《人間詞話》裏提出來的術語，後人不知道寫了多少文章加以發揮，這裏頭學問很大，有人說連國維先生舉例都有錯誤，你現在研討這個問題不嫌太早嗎？

●「有我」、「無我」原來這麼麻煩，聽我們老師的口氣，很輕鬆的嘛。

（■老師是怎麼說的呢？）老師教我們寫「澄清湖遊記」，他看了卷子以後批評我：你寫成「澄清湖的風景」了。既然題目是「澄清湖遊記」，文章裏應該「有我」。

■原來是這樣的呀，我明白了，老師說得很對，「澄清湖的風景」可以無我，「澄清湖遊記」應該「有我」。「有我」，是你這個作者在文章裏面，在澄清湖裏面；「無我」，是你不在澄清湖裏面，不在文章裏面。

●既然寫「澄清湖的風景」，怎會不在澄清湖裏面？沒去過澄清湖，怎寫得出澄清湖的風景？

■所謂「不在裏面」，是說看文章看不出來你在裏面。比方那些觀光導遊的小冊子，介紹各地的名勝古蹟，寫這本小冊子的人也許都去遊覽過了，但是文章裏並沒有他的影子。

●觀光導遊的小冊子是怎麼寫的？我沒見過。

■你讀過地理。地理課本一個國家一個國家地寫，世界各國都寫遍了，可是寫課本的人在那裏？你從課本上能看出來嗎？（●不能。）這種情形也可以算是「無我」。

●難道我們寫文章可以像寫地理課本一樣？

■這是個「進一步」的問題。如果把所有的文章分成「有我」、「無我」兩大類，地理課本是在「無我」的一類。如果把範圍縮小，只提出國文課本來觀察，國文課本裏的文章，也可以分成「有我」和「無我」。

●每一篇文章都不是「有我」就是「無我」？

■甚至每一句話都可能「有我」或者「無我」。「澄清湖四周都是花圃」，無我；「我在澄清湖邊看花」，有我。（●我很想在澄清湖裏划船，）有我。（●我們在澄清湖畔一棵大柳樹底下休息。）有我。（●我看見湖裏的荷花，想起老殘在大明湖裏摘蓮蓬吃，嘴裏好饞。）有我！

●有我無我，分別全在文章裏有沒有「我」這個字？

■寫「澄清湖遊記」這個題目的時候，是如此，你只要加上一個「我」字，並且始終不離開這個「我」字，整篇文章的面目精神就不同了。「澄清湖遊記」是寫你在澄清湖看到的風景，不是澄清湖有什麼風景。澄清湖裏有魚，你沒看見，魚就不重要。那棵柳樹並不重要，但是你在樹下休息，它就重要了。

●字面上沒有「我」，實際上「有我」，這種句子又是什麼樣子？

■岳飛八千里路雲和月，這個句子裏就「有我」。（●為什麼？）你看，天上的雲月，地上的道路，兩者本來沒有關連，誰把它們組織到一起來了？當然是「我」，道路之上，雲月之下，有一個作者。這位作者的八千里長征，雲和月給他的感受最深，換一個作者，也許沒有這種感受。李賀說「天若有情天亦老」，有我，王思衍說「有情天不老」，也有我，兩個句子裏有兩個不同的「我」。

● 兩個不同的我？怎麼我看像是兩個不同的「天」？

■ 兩個詩人頭上頂著的是一塊天。不是天不同，是詩人的眼睛不同，感受不同，是「詩心」不同。我從前講過一個故事，老師出題目要大家作文，題目是「我家的狗。」

● 這個故事我知道。弟兄倆都在這個班上，哥哥做好了，弟弟照抄一遍。老師發覺抄襲，就問弟弟：你的作文怎麼和你哥哥的作文完全相同？弟弟連忙回答：我家只有一條狗啊！

■ 不錯，家裏只有一條狗，可是有兩兄弟。哥哥眼裏的狗並不等於弟弟眼裏的狗。為什麼？因為「有我」，這個「我」，哥哥寫狗的文章裏有哥哥，弟弟寫狗的文章裏有弟弟。狗也許等於狗，哥哥加狗決不等於弟弟加狗。

●弟弟怎麼把自己加進去呢？

■雖然家裏只有一隻狗，這隻狗見了哥哥就搖尾巴，見了弟弟就舔弟弟的手。哥哥帶這隻狗去釣魚，弟弟帶這隻狗跑步。弟兄倆練習棒球，一個當投手，一個當打擊手，狗就在旁邊等著替他們揀球，把球啣回來交給投手。這弟兄倆跟狗的關係不同，寫成文章也自然不同。這是「有我」的好處。如果把「我」抽出來，只剩下狗，哥哥弟弟都不必再寫什麼，翻開動物學看看就行了。

●經你這樣一說，道理倒也很淺顯，我寫「澄清湖遊記」的時候怎麼忽略了呢？

■我從前也犯過這個毛病。這又有個故事，有一夥人結伴去游泳，他們一共十個。太陽下山，大家該回家了，他們上了岸，清點人數只有九個。大家著了慌，怎麼少了一個人，這個人難道淹死了嗎？

●這個故事我也聽說過，他們清點人數，你數一遍，他數一遍，都忘了連自己計算在內。

■對了，這也是許多人作文的時候常有的毛病，把自己忘了。

●這麼說，寫文章只要有我就好了，為什麼還有「無我」呢？

■寫文章，難就難在這裏，易也易在這裏，它沒有絕對的金科玉律，常常是這樣也行，那樣也行。

●你不是說，寫「澄清湖遊記」一定得「有我」嗎？

■如果你寫論說文，那又最好無我。這又有一個故事。傳說從前鄉下有個新媳婦，很受婆婆和丈夫疼愛。一天，丈夫進城，順便替她買了一面鏡子。第二天，丈夫又出門去了，她想起丈夫由城裏帶回來的東西，打開一看，裏面是個年輕漂亮的小婦人。這可不得了，原來丈夫由城裏帶回來一個女人藏在家裏，真沒良心！一時悲從中來，哭哭啼啼拿著鏡子到婆婆屋裏告狀。婆婆聽了，半信半疑，從媳婦手裏接過鏡子一看，笑出聲來。她對媳婦說：「這麼大年紀的老太婆，我看快要進棺材了，你怕她做什麼？」

●這個故事合理嗎，鄉下人也不會連鏡子都沒見過呀。

■這是一個笑話，在民間流傳很久了，既然能流傳，一定有道理。（●有什麼道理呢？）它有象徵的意義。人，應該把自己除外的時候，不要忘了把自己除外，要不然，事情就要糟糕。有些同學在寫論說文的時候犯了這個毛病，把他自己攪在裏頭。

●為什麼不行？論說文不是寫自己的意見嗎？

■論說文是寫許多人共同的意見，或者是大家都能接受的意見。（●許多人共同的意見？那不成了人云亦云嗎？）共同的意見是人同此心，心同此理，可是他們說不出來，或者不能像你說得這樣好。（●大家都能接受的意見？那跟迎合大眾有什麼區別？）恰恰相反，這是說大眾需要這種意見，可是他們還沒想到，你領先一步。

●原來是這個樣子！怪不得人家說某人是大眾的喉舌，（■也叫代言人。）人家說某人是先知先覺。（■也叫啟蒙的導師。）可是這跟我們作文有什麼關係啊？

■你寫論說文，和教授在報上寫社論，用的是同樣的規則。說個比喻，你下象棋，國手在國際比賽中下象棋，都是馬走日字象走田。

●個人的意見，和眾人能夠接受的意見，二者到底有多大分別，請你再說清楚一些。

■個人意見如果是個人的偏見，如果出於個人的感情、個人的利害、個人的嗜欲，那就是在論說文中應該袪除的「我」。（●這個「我」，在抒情文記敘文裏不礙事？）它在抒情文記敘文裏多半不會礙事。再說一個故事吧，有一部電影，描寫古希臘時代的一群奴隸，集體造反爭取自由，最後大家衝到半島南端的海岸，按照預定的計劃，第二天會有船來接應，他們可以各自回家。這天晚上大家心情興奮，一面痛飲，一面爭論那裏出產的酒最好。最後他們的領袖舉起酒杯來止息了紛爭，他說：最好的酒出在自己的家鄉！

●最好的酒出在自己的家鄉？

■月是故鄉明。最好的酒出在我的家鄉。如果我提出這樣的論點，你能接受嗎？（●恐怕不行。）這就不是眾人都能接受的意見。「最好的酒出在自己家鄉」可以入詩，不能立論。

●個人的意見要怎樣才會成為公眾可以接受的意見呢？

■我現在提出一種意見，我說現在老鼠太多了，每年糟蹋幾萬噸糧食，養貓捕鼠，貓也是人的一大負擔，我主張人吃鼠肉。（●人吃老鼠？怎麼咽得下去？）也許我咽得下去，但是靠我一個人怎麼成？除非吃老鼠和吃田雞一樣，能上千家萬戶的飯桌。這也並非完全沒有希望，如果：第一，發明一種烹調方法，使鼠肉成為美味；第二，衛生機構再三檢驗，證明鼠肉對人體只有益處沒有害處；第三，發明最簡易最有效的捕鼠方法。如果具備這三個條件！加上慢慢地宣傳，慢慢地推廣，那就大有可為。

●這太難了，咱們還是抒情記敘，讓它有我吧。

■單就這方面說，議論文比較難一些。

●抒情文雖然可以「有我」，我愛吃老鼠肉恐怕還是不行。

■我曾經讀到一篇文章，作者說他喜歡養蛇，他家客廳的沙發上都是蛇。

●這個嗜好太可怕了。這種文章怎麼登得出來？

■他又不勸你也養蛇。有這麼一篇文章，讓你知道世上有這麼一種人，也是增廣見聞。

●你說寫作沒有絕對的金科玉律。抒情記事能不能也來個「無我」？

■這個問題好極了。中國文學作品裏有一類叫「託物」。例如身世飄零的文人，寫柳絮，寫浮萍，從字面上看，句句是柳絮，是浮萍，沒寫他自己，其實呢，他句句在寫自己，他是用浮萍用柳絮代替他。中國文學作品裏還有一類叫「懷古」，例如一個懷才不遇的文人寫屈原，借著屈原發牢騷，字面上也只有屈原，沒有作者。這種寫法也是「無我」。

●連抒情都可以「無我」，那麼敘事更可以了？

■遊記應該「有我」，說故事多半「無我」。小說基本上是說故事，是敘事，中國從前的章回小說，作者偶然跳出來講幾句話，叫一句列位看官，如何如何，現代的小說已經不用這個辦法。

●第一人稱的小說，不是用「我」來敘述嗎？

■第一人稱小說裏的「我」不是作者，是小說裏的一個人物。「我」可能是個小女孩，而作者可能是個大男人。「我」可能是個小偷，而作者可能是個牧師。

●聽來聽去，好像是「無我」的作品比「有我」的作品多。

■我也有這個印象，可是沒人統計過。

●好像是，「無我」的作品，也比「有我」的作品難。

■技巧比較複雜。

●我們寫作，是不是由「有我」開始，慢慢進入「無我」呢？

■有些作家是這個樣子。

●我明白了。

■不過我還得提醒你，我們談的「有我」、「無我」，和文學家在雜誌上談的「有我」、「無我」並不一樣，將來有一天，你得準備接納他們的說法。

●我希望這一天快點兒來到。

第九問

吵架　下定義　三百千千　人之初

抽象　技巧與主題孰為重要　勇敢

三段式　軍事訓練

子之矛、子之盾

●你以前說過，學習寫論說文的人，要注意聽人家怎樣吵架。

■我這樣說過嗎？謝謝你有這麼好的記性，我自己倒想不起來了。

●你的意見改變了嗎？現在，你認為吵架對論說文有沒有幫助？

■當然有幫助。吵架裏頭有文章。對我們來說，世上處處有文章，落花水面皆文章（●好鳥枝頭亦朋友？）我們不需要對仗：好鳥枝頭亦文章！

●昨天，我聽鄰居吵架，很有意思。一位李叔叔抱怨周伯伯不好，他說老周啊，你可害苦了我了。你告訴我王壽夫是個好人，我相信你的話，借了一筆錢給他，他現在說我沒借錢給他，拉長了臉，不認賬了。那位周伯伯說，我沒騙你呀，王壽夫這個人很好。她太太的腿跌斷了，行動很不方便，老王常常推著輪椅帶她散步，太太要串門子，也是他管接管送。有時候太太發脾氣，對他又打又罵，他也很能忍耐。

■這兩個人吵架，對你有什麼啟發沒有？

●我覺得他們倆講出來的是兩件事情，不是一件事情，一個講的是對朋友的信用，一個講的是對妻子的愛心。

■你很有見地，這兩個人對「好人」的定義不同，一個認為「好人是對朋友守信用的人」，另一個認為「好人是能體諒妻子的人」，結果發生了這一場誤會。當初你那位李叔叔聽人家說「王壽夫是好人」的時候，應該問一句：你所謂好人是什麼意思呢？你那位周伯伯說「王壽夫是好人」的時候，也該先註明什麼樣的人算是好人。

●這跟我寫論說文好像有點關係。昨天，父親教我念韓愈的〈原道〉，韓愈一開頭就說：博愛之謂仁，行而宜之之謂義，由是而之焉之謂道，足乎己無待乎外之謂德。我一看，這個辦法好哇！

■有些題目，你得會下定義才做得出來。我小時候讀過幾年私塾，開蒙第一本教科書是《三字經》，《三字經》第一行是「人之初，性本善。」讀完《三字經》讀《百家姓》，以後是《千字文》、《千家詩》，這就是《老殘遊記》所說的「三百千千」。有一天，天氣很熱，我們正在念書，院子裏來了個賣櫻桃的，大家一看見櫻桃，琅琅書聲馬上低下來了。就在這時候，我們族裏的一位長輩拄著枴杖來了，他大概是先跟老師寒暄了一番，然後就向我們全體學生提出一個問題來，他問「人之初，性本善」是什麼意思？誰能講得出來？他說，誰能講給他聽，他就把院子裏的一擔櫻桃全買下來，放在學屋裏給大家吃。可是沒人講得出來。念過「三百千千」的我講不出來，念過《論語》、《孟子》的那些學長也講不出來。現在回想起來，我們的困難是不知道什麼是「初」，什麼是「性」，什麼是「善」，如果我們知道這三個字的定義，就能講出一番道理來。

● 這三個字，給「性」下定義最難。「初」和「善」比較容易。

■ 這三個字又以「性」最為重要，這個字講不清楚，整句的意思也就很難清楚。

● 下定義很難嗎？

■ 我們都不是下定義的人，我們是接受定義的人，有時候我們可以做一個選擇定義的人。

●選擇定義應該很容易？

■也不見得，像「人之初」的「初」字就有歧義。有一部電影叫《人之初》，內容是人怎樣在母胎之內形成，怎樣生出來，初生的嬰兒是怎樣生活的，這是一種「初」。另外，我們管幾萬年以前的人類叫初民，他們過的是原始生活，這又是一種「初」。還有，他是現代人，他已經三十歲四十歲了，他的心思很複雜，每一個決定都轉了七八個彎兒，可是他心意初動之時，他的第一個念頭，他不知不覺自然而然冒出來的那一閃靈光總是善良的，這又是一種「初」。

●韓愈在《原道》裏聲明老子有老子的「道」，他有他的「道」，他的道是堯、舜、禹、湯、文、武、周公、孔、孟一脈相承的「道」，跟老子的「道」不同。既然彼此不同，為什麼都叫「道」呢，換個名稱不就省事了嗎？

■議論文使用的語文，比抒情記敘要抽象得多。你知道「抽象」的意思？

●我記得你說過，一把椅子只是椅子，一張床只是一張床，床和椅子合起來叫木器，木器比椅子抽象；木器和藤製的書架、鋁製的書桌合起來叫家具，家具又比木器抽象；家具加上房子地皮股票，叫財產，財產又比家具抽象；比財產更抽象的，是物質；比物資更抽象的，是存在。

■好記性！想必你早已知道，一個詞越抽象，它包含的內容越多，你沒法子一望而知它到底包括些什麼，「財產，」到底是椅子還是股票？想必你也早已發覺，越抽象，你能使用的詞越少，一個「財產」，把椅子、桌子、房子、股票都包括了，椅子、桌子、房子、股票都不必細說了。說理，尤其是說高級抽象的理，只有很少的字可用，有時候，兩個哲學家辯論，就像是互相搶著用字。

●韓愈想從老子手裏把「道」搶過來。

■理論家搶著用「道」，搶著用「真善美」，搶著用「正義」、「真理」，看字面好像是一家人，實際上呢，南轅北轍！你只有請他下定義，才知道他的意思。如果你是跟人家辯論，你對「正義」、「真理」怎麼駁？你只能駁他的定義。

●為什麼不能駁「正義」，卻能駁正義的定義呢？

■你看，「下定義」，這裏有個「下」字，「下」，就是比較落實，比較具體，就是降低了抽象的層次。這麼一來，那個抽象名詞的包容性沒那麼大了，涵蓋面沒那麼廣了，可能露出破綻來了，你就有了機會。

●我想起傷心事來了。去年我們學校舉行辯論會，我們這一隊就輸在定義上。（■辯論的題目是什麼？）題目是文學作品的技巧重要還是主題重要。（■你們這一隊？）我們這一隊的立場是技巧重要。本來我們佔上風，因為我們隊上好手很多。

■你們給技巧下了個什麼樣的定義？

●我們自己沒給技巧下定義，對方替我們下了個定義。對方說，技巧是什麼？技巧是把主題圓滿地表現出來的能力，可見技巧是為主題服務，主題比技巧重要。（■你們是怎樣反擊的呢？）我們一聽，覺得大事不好，倉促之間又想不出更好的定義來，沒辦法推翻他們下的定義。

■他們替你們下定義，你們也可以替他們下定義。（●這倒沒有想到。）你們替主題下個定義，反擊過去。你想，主題是什麼，主題是作家的思想。要談思想，那要哲學家才出色當行。所有的文學作品，它的思想，都可以在哲學裏找到，而且由哲學家講出來更周密，更深刻。人們為什麼有了哲學還要文學呢？人們為什麼不去讀佛經算了還要看紅樓夢呢？因為文學有文學的技巧，有表現的過程，沒有這個表現的過程，不成其為文學。

●對，如果這樣反擊過去，至少可以打個平手。

■辯論，有時候像是「定義遊戲」。古希臘有一個出名的例子：到底什麼是勇敢？勇敢是作戰不退。可是，如果長官下令退卻呢？

●是啊，上面有命令退卻，當然大家都得服從命令，難道這樣一來全體將士都不勇敢了？

■這就是從定義裏找出弱點來。補救的辦法，可以從「退卻」的定義入手。退卻也是作戰，退卻是戰爭行為的一部分，攻擊、防禦、退卻，都是作戰。退卻退得好，全師而還，照樣可以得勳章。（●退卻也需要勇氣。）可不是？戰爭史上，也有上面教他退卻，他縮在陣地裏不敢退卻的將軍。

●上歷史課的時候，老師講過，二次大戰期間英軍從一個叫敦克爾克的港口撤退，非常成功，英國人並不覺得那次撤退是恥辱，別人都說那是英軍的光榮。

■三國時代，諸葛亮六出祁山，六次撤退，每次撤退都很成功，所以諸葛亮除了是政治家以外，也會用兵。

●你不只一次擔任辯論會的評判，多談一些辯論技巧好不好？

■我不是這方面的專家，即使請專家來講辯駁方法一百種，也一下子記不住，你先把這個下定義的方法消化了，寫論說文的時候多半用得上。「什麼是勇敢？勇敢是作戰不退。——要是長官下令退卻呢？」你把這三句話當作三段式，來個練習怎麼樣？

●我想想看。「什麼是正直？正直就是不講情面，只論是非。──要是他的父親偷了人家的羊，先主要他作證呢？」（■很好，再來一個。）「什麼是上進？上進就是讓上司給你更大的責任，要你作更多的表現。──要是你必須拍馬吹牛呢？」

■太好了！觸類旁通，聞一知十。

●說真的，我是聽同學抬槓聽來的，現在忽然想起來了。

■聽人講話比自己發言有意思，做作家的人要「好好地聽話」。有一次，我聽見兩個人在那兒談論軍事訓練，甲說軍事訓練是「死亡訓練」，訓練的目的是把人送進槍林彈雨，馬革裹屍。乙一直擺手說錯了錯了，軍事訓練的重心是怎樣避免傷亡。

●聽起來兩邊都有道理，你是受過軍事訓練的吧，他們兩個究竟誰對？

■我舉兩個例子你自己判斷吧。現在你坐在那裏，我坐在你的對面，你正面朝我，我正面朝你，如果從你的左肩到右肩畫一條線，把這條線延長下去，從我的左肩到右肩也畫一條線延長下去，這兩條線大致平行。軍事訓練教我們面對敵人陣地的時候不要這樣，我們的姿勢要稍稍偏一點兒，如果敵人的陣地是一條橫線，我兩肩延長出來的那條線會和敵人的陣地相交，角度大概是十五度到三十度。（●為什麼要這樣？）因為我由左肩到右肩的寬度大約是五十公分，在這五十公分之內有子彈射過來都可能打中我。如果我的姿勢有個角度，我的寬度就不是五十公分了，寬度也許只有三十五公分，只有這三十五公分以內的子彈才會打中我，這就減少了中彈的可能。

●原來軍訓是這麼細緻的一種訓練呀。

■受軍訓的人都苦練過臥倒——伏在地上，為什麼要伏在地上？也是為了自己的安全。你本來是站在那裏，「臥倒」教你先跪下，然後上身前傾，左手先著地，然後左肘著地，左臂著地，側著臥下去，然後兩腿向後伸直，一翻身貼在地上。為什麼要有這種訓練呢，因為一個人由站姿到臥姿，這樣臥下去最快，不會擦破摔傷，而臥姿最不容易被敵人擊中。

●這樣看，軍事訓練的確可以減少傷亡。

■我剛才介紹過「三段式」，你能不能把甲方和乙方對軍事訓練的爭論照那個形式寫出來？

●我試試看：「你說死亡訓練是什麼意思？因為受完訓練就要開上火線。——要是未經訓練就開上去呢？」

■聖人說過：「以不教民戰，是謂棄之。」

●你先教我使用定義，後教我攻破定義，這不是以子之矛攻子之盾嗎？

■不錯，你要有最堅固的盾，也要有最銳利的矛。至於說「以子之矛攻子之盾，則何如？」這個問題並不存在，你的矛是刺在「敵人」的盾牌上，不是刺在自己的盾牌上；你是用盾牌抵擋「敵人」的矛，不是抵擋自己的矛。

●敵人的武器和我的武器都是一個兵工廠的出品啊。

■沒有關係，還有「膂力」、「士氣」、「才能」，是兵工廠造不出來的。那個人兜售「最銳利的矛和最堅固的盾」，碰上了「以子之矛攻子之盾」的質問，應該有話可說，無須默然而退。

第十問

毛筆字　單線推論　獨眼

秦漢唐宋　萬三　自由、由自

諱辨　獨善、兼善

●我剛剛寫好一篇論說文，勸大家好好練習毛筆字。我認為，會寫毛筆字的人一天比一天少，將來有一天寫毛筆字會成為稀有的專門技術，光憑寫字可以賺大錢出大名。你看這樣寫行不行？

■行！審題和立意都做到了。我很贊成你的意見，我希望中國人都會用筷子，都能用毛筆，也都能操作電腦。筷子，毛筆，電腦，代表一個理想的中國人。

●用筷子應該沒有問題。

■那些飄零在外的「小留學生」，大都漸漸的不會用筷子了。

●你是說他們呀，他們大概也不會用毛筆了。

■他們倒是老早學會了用電腦。

●報紙上說，電腦可能代替今天的筆，包括鋼筆鉛筆和原子筆，當然也就代替了打字機。

■到那一天，誰能寫一手很好的毛筆字，誰不就是國寶了嗎？到處有人用八抬大轎抬著你去寫字！寫到老年，政府準會給他一座勳章。

●這麼說，我那篇文章寫得不賴？（■不賴！）還有什麼缺點沒有？有什麼應該改進的地方沒有？

■你可真是虛心好學，沒忘了層樓更上。你既然精益求精，我也就吹毛求疵。缺點，不能說沒有，剛才咱們兩個談毛筆字的前途，採用「單線推論」的方式，這個方式有弱點。（●什麼叫單線推論？）什麼是推論，我想你早已知道了？

●推論，推測，推演，都是一步一步的找出來，一步一步的做出來。可是這個單線推論？

■世界上的事都是縱橫交錯，互相影響，並不是一條路走到天黑，而是隨時可能轉彎兒，隨時可能有變化。想當年鷸蚌相持，一個說「今日不雨，明日不雨，必有死蚌。」一個說「今日不出，明日不出，必有死鷸。」這兩個家伙都是單線推論，它們忘了世界上有漁翁，漁翁是個很大的變數，漁翁一出現，什麼都變了！

●鷸蚌相持的時候，如果能想到漁翁就好了！

■還得想到海灘上可能有遊人，還得想想今天是初幾了，夜裏會不會漲潮。（●它們全沒想到。我當初讀這個故事的時候，也沒想到。）這也難怪，單線推論能夠引人入勝。據專家說，我們雖然有兩隻眼睛，使用的時候卻偏賴其中的一隻，通常我們是用一隻眼睛在那裏看東西，另外一隻無關緊要。遺傳學有一條定律叫「用進廢退」，人的器官越用越發達，不用就退化，於是有人推論將來有一天人類只有一隻眼睛，另外一隻退化了，消失了。

●人人都是獨眼龍？哇！

■據說到那一天，人的審美觀念也變了，一隻眼睛才好看，兩隻眼睛不好看，如果有誰「不幸」生了兩隻眼睛，得用整形手術填上一隻，只留一隻。

■這個說法真滑稽！真有趣！

■我再說一個既不滑稽也不有趣的。秦朝是一個中央集權的朝代，中央十分孤立。劉邦革命成功以後，認為一個孤立的中央很容易被人推翻，就教他們姓劉的子弟一個一個裂土為侯，給他們軍事經濟的大權，教他們保衛中央，後來呢，諸侯造反！宋太祖見五代的藩鎮尾大不掉，皇帝管不了他們，他們有時候還要管管皇帝，那怎麼行，他就把各地封疆大吏的兵權都奪了，以為這樣可以高枕無憂，那知道招來了連綿不斷的邊患，終於亡給了北方的少數民族。

●做皇帝的人，頭腦怎麼這樣簡單？

■漢朝宋朝的開國之君，已經算是深謀遠慮了。

●一個國家到底怎樣才會長治久安呢？

■怎麼，我們準備參加高等文官考試嗎？

●唉，推論毛筆字的前途，應該補進去那些變數呢？

■我想，提倡書法是很必要的，總得有很多很多人愛寫毛筆字，那寫得最好的人才會受到社會的尊敬，如果全國只有一個人會寫毛筆字，這個人的社會地位又怎麼奠定呢？當然，「只有一個人會寫毛筆字」，這句話也太「單線推論」了。還有，你有沒有發覺，今天的社會不像百年前的社會那樣依賴書法家，例如商店的招牌，已經不一定由書法家來寫。如果將來社會上沒有書法家，社會也可以不需要書法家。當然，這又近乎單線推論了。

●推論好像很容易弄成單線？

■避免單線的方法是把一條條單線搜集起來加減乘除。不過這樣內容就複雜了，作文不是畢業論文，不能長，內容也就不能複雜，一複雜，就變成大綱了。

●這麼說，單線推論又是不可避免的了？

■只要你不把它推到極端。（●什麼是極端？）推論人類將來只有一隻眼睛，就是極端。推論本是要建立主張，可是推到極端，你反而崩潰了。

●我想起你在《作文七巧》裏寫下一段話。你寫的是：十個工人可以用三十天蓋好一間房子，二十個工人可以十五天完工，那麼，四十個工人只要七天半？四千名工人只要兩小時？兩小時當然不能蓋好那樣一座房子。你寫這段話的時候，心裏早就在盤算直線推理推到極端的後果了。

■你還可以推論下去，八千工人只要一個小時。

●四十八萬個工人只要一秒鐘？哈哈！

■還有一個故事，我早想講出來。話說當年有個老財主，請先生教他孫子念書，由春天教到秋天，老財主拄著枴杖帶著賬房到學屋裏去考核孫子的功課。老先生拿枴杖往地上一畫，問「這是什麼字？」孫子回答是「一」。他爺爺舉起枴杖再畫一道，問是什麼字？他回答是「二」。爺爺狠狠的再畫一道，孫子說是「三」。老財主很高興，認為孫子識字了，可以不必再上學了，當場辭退了教書的先生。然後他對賬房說，以後由我的孫子記賬好了，他把賬房也辭退了。

●這個老財主以為孫子認得三個字就認得所有的字，他用直線推理推到了極端，是不是？

■故事的主角不是他，是那個孩子。秋後，各地的佃戶大車小車運送糧食到老財主家交租，——那個時代是佃農替地主種田，——在門外大街上排成長龍等孫少爺入賬，來得最早的一個佃戶姓萬，叫萬三，他排第一名，可是他由早晨等到中午，肚子都餓扁了，那孩子還沒有把他這一筆賬做好。

●這是什麼道理？

■誰也不敢進去催問，都不知道什麼道理，外面的人只聽見孫少爺嫌紙不夠用，不斷的教人送紙。後來老財主忍不住，親白走進去察看，只見孫子弄得兩手墨汁，滿地是紙。爺爺問記好了沒有，他說「還早，現在才八千畫兒呢！」

●不得了，人叫萬三，他就得畫一萬三千畫啊？好奇怪，他怎麼會有這種想法？

■直線推理麼！一畫是一，二畫是二，畫一萬下才是萬，不是很合理？

●一，畫一橫，二，畫兩橫，三，畫三橫，可是到了四就不畫四橫了，五就不畫五橫了，人沒有那麼笨，人會想出更省事的辦法來。

■如果推理推到「四」要在「三」上面加一根橫線，也還大致可以成立，書法家寫篆字寫到「四」，有時就是這個形狀。如果說「萬」也得畫出一萬條橫線來，那就太可怕了，推理推到這個程度，是把自己的「理」推倒了。

●《作文七巧》引用韓愈的「大凡物不得其平則鳴」，順便提了一筆，說是有人駁他「飛蝶無語」，難道也是「平？」這個「飛蝶無語」，恐怕也是直線推論推到極端找出來的毛病吧。

■沿著直線向極端推論，你可以從許多人的話裏挑出毛病來。例如當年有好多位學者討論什麼是自由，那提倡自由的人給自由下了個定義，說「自由」就是「由自」，「一切由著他自己」。

●由著他自己？由著他自己？

■什麼地方不妥當？

●說不出來。可是，由著他自己？

■有人就提出反駁：怎麼可以由他自己？學生「由自」，誰還上課？士兵「由自」，誰還打仗？官吏「由自」，誰不貪污？怎麼可以「由自」？

●這下子擊中要害了。

■這個攻擊的方法，就是把對方的定義直線向極端推論，使它站不穩、倒下來。

●幹嗎要弄得它倒下來？

■議論文有破有立，所謂「破」，就是推翻別人的主張。

●所謂「立」，是建立自己的主張？（■不錯。）那就各說各話好了？

■有時候行，有時候不行，因為議論文多半有攻擊性，有排他性。

●人家說自由就是「由自」，並沒主張罷課貪污，要是硬給人加上去，不是蠻不講理嗎？

■唉，我只好說，把自由解釋成「由自」，也太不謹嚴、太簡化了自由，使人家有機會把你推到牛角尖裏去。

●要「破」，難道沒有更好的辦法？

■有。《古文觀止》選了韓愈幾篇文章，有一篇叫〈韓辯〉。當年韓愈勸李賀去考進士，李賀不但考取了進士，還成了很出名的進士，於是有人攻擊他，這些人認為，李賀的父親叫晉肅，有個「晉」字，李賀怎麼能做進士？父親是李晉肅，兒子是李進士，這不是犯了父親的名諱了嗎？——犯諱，你明白吧？（●我明白。）韓愈對這種論調不以為然，寫了一篇文章駁斥他們，韓愈說，孔子的母親叫徵在，孔子只避免同時連用「徵」和「在」兩個字，單用「徵」或是單用「在」，他都不避諱。韓愈說文王名昌，武王名發，但周公作詩並不避諱昌字和發字。他說周康王的名字叫釗，他的兒子做了皇帝，就叫昭王。他舉了很多例子，證明晉肅的兒子做進士不算犯諱。

●對，這樣反駁才是義正詞嚴。

■可是韓愈到底還是多用了一種武器，他問對方，李晉肅的兒子不能做進士，如果父親叫「仁」，兒子還能不能做「人」？

●這就把對方逼到牛角尖裏去了。

■對方沒有辦法說「不」，只有承認「仁」的兒子可以做「人」，那麼也就不能反對「晉肅」的兒子做進士。

●看起來，用單線推論來「立」，不大管用，用這個方法來「破」，倒是很有威力！

■韓愈到底是大家，先是引經據典堂堂正正的駁倒對方，然後突然從側面插進奇兵：「若父名仁，子不得為仁乎？」這就顯得鋒利，冷俏。如果沒有正面作戰的那一套，單憑抓住對方一句話向極端推論，文章就單薄了。這種朝極端推論的辦法，你可以不用，但是不可不會。

●既然不用，又何必要會？

■第一，你要防備人家使用。（●是。）第二，你心裏存著這種方法，可以檢查自己的文章，別讓人家替你推論出一條尾巴來。（●這可很難！）第三，在辯論會上，萬一人家用了這個辦法，你既沒有韓愈那麼大學問，又不能束手待斃。——

●唉，我看論說文哪，麻煩！（■麻煩！）自己寫篇抒情文，不礙別人的事，別人也礙不著我，有多好！可是老師出題目總是出議論文！

■寫議論文是入世的訓練，抒情文是出世的訓練，抒情文為己，議論文為人，抒情文獨善其身，議論文兼善天下。

●這麼說，抒情不如議論？

■非也，兩者如車之兩輪，鳥之兩翼。兩者又好比人的左右手，有人左手比較發達，可是最好也有右手，你我的習慣是偏用右手，可是最好也有左手。

●那麼，我們左手抒情，右手議論。

■或者右手抒情，左手議論，也行。

第十一問

苛政　放大　桃花源的放大
簡潔　簡略　夸父逐日
高潮　迴盪

■「苛政猛於虎」的故事，你還記得吧？

●記得，第一句是「孔子過泰山側，」——

■泰山旁邊有老虎出沒，把一個婦人的丈夫吃了，把她的孩子又吃了，可是那婦人還不肯搬家，什麼原因呢，因為當地「無苛政」。這無苛政三個字真是簡潔，讓人看了像聽到一聲迅雷。

●我怎麼沒有這個感覺呢，老虎快把她一家人吃光了，她居然不搬家，不逃命，「無苛政」三字怎麼能算是充足的理由呢。

■那是因為你年紀輕，不知道到底什麼是苛政。孔夫子周遊列國，考察政情，深知民間疾苦，他一聽到「無苛政」，馬上就明白了。他不必再問任何問題，就告訴弟子：「小子志之，苛政猛於虎也。」

●苛政怎麼會這麼可怕，苛政究竟是什麼樣子？

■柳宗元有篇文章，叫〈捕蛇者說〉。（●我知道，這篇文章我見過。）這篇文章是說「苛政猛於蛇」，苛政兩個字到他手裏就具體得多了。你記得不記得那個捕蛇的人怎麼說？（●他好像說，收稅的差役到了鄉下兇惡得很，那些句子我是不記得了。）他說：「悍吏之來吾鄉，叫囂乎東西，隳突乎南北，譁然而駭者，雖雞狗不得寧焉。」我們不必背誦原來的句子，只要引述他的大意。你想想看，〈捕蛇者說〉是怎麼寫的？

●他說「永州之野產異蛇」，這種蛇奇毒，它爬過的地方連草木都活不了，但是這種蛇的肉可以入藥，是治大麻瘋少不了的藥引子。（■以毒攻毒！）太醫需要蛇肉來配藥治病，政府就定下辦法，永州的老百姓可以用蛇抵稅。有一個人世代以捕蛇為業，（■他每年到了繳稅的時候就繳一條蛇。）他家裏有幾個人被蛇咬死了。（■死的是他的祖父和他的父親，他自己也有好幾次差一點送命。）柳宗元勸他改業，（■柳宗元問他要不要改變一下，以後別捕蛇了，和別人一樣繳稅。）那人馬上流下眼淚來說不行。

■好，下面柳宗元就描寫當地老百姓的苦況。捕蛇者三代住在永州，從前和他祖父同時住在這裏的人家，十家之中剩不下一家了，和他父親同時住在這裏的人家，十家之中只剩下兩三家了，和他自己同住在這裏的，十家之中於今不到四五家了。那些家庭都那裏去了？「號呼而轉徙，饑渴而頓踣，觸風雨，犯寒暑，呼噓毒癘，往往而死者相藉也。」為什麼呢，稅太重了，官府催稅催得太兇了，老百姓活不下去。那捕蛇者說，即使我明天被蛇咬死，我也比別人活得久，比別人活得舒服。

●寫得好！寫得好！文章應該這樣寫是不是？

■柳宗元的「苛政猛於蛇」，是從「苛政猛於虎」發展出來的，那苛政兩個字，到了柳宗元筆下，放大成一大段文章。泰山側的婦人只說了三個字，柳宗元的捕蛇者說了多少字？由他汪然出涕算起，一共兩百二十多個字，我們要注意的，就是他把「苛政」放大成兩百多字。

●我喜歡柳宗元的寫法，一句「無苛政」畢竟太簡單，不夠味兒，不過癮。他的這種寫法，我也可以學嗎？

■當然可以。（●要怎樣做呢？）這個辦法可以稱之為「放大術」。

（● 放大？）你看，雖然兩個字變成兩百多字，也只是把「苛政」兩個字放大了，說來說去不離開苛政的範圍，只不過是苛政更明顯、更惹人注意了。

● 這個「放大」，有什麼具體的方法沒有？

■ 寫劇本的人管這種方法叫「吹」，這個「吹」字，比放大更容易領悟。（● 吹？吹牛的吹？）是吹氣球的「吹」。你把氣球吹漲了，吹大了，氣球還是氣球，你吹進去的氣都在氣球的範圍之內。

● 吹？……怎麼吹？

■ 以〈桃花源記〉為例，漁人進了桃源以後，住在桃源裏的人「見漁人，乃大驚，問所從來，具答之」。然後又「問今是何世，乃不知有漢，無論魏晉」。寥寥幾筆，也是簡潔得很。近代有人用七律的體裁加以發揮，有一首是：「漁舟誤入港三叉，屋舍儼然笑語譁。洞口桑麻傳幾代？」（● 這句問得有意思，我每逢看見大樹，總是忍不住要想：這棵樹什麼時候種的？多少年了？）「庭前雞犬屬誰家？」（● 對，對，我們到親戚家去，看見親戚門口一群鴨子，當時就曾經問他：這是你們家養的鴨子嗎？）田園豈植靈芝草？（●這一句的意思是？）世外桃源不是仙境嗎，仙境應該有靈芝草是不是？下一句是「兩岸何多碧桃花？（●對，對，我也有這個疑問，人家寫世外仙境，多半寫松柏參天，陶淵明寫的是一望無垠的桃花林，我也奇怪。）借問村翁示一二，快聆高論舌粲花。」

●桃源裏的人怎麼回答？

■他沒有針對這些問題把答案一條一條寫出來。他另外有一首詩，替桃源裏的人出了幾個題目問漁人。這首詩是：「自從攜眷入花汀，世外珍聞絕耳聽。徐福求仙可返境？」（●徐福帶著五百童男五百童女出海求仙，那可是當時的大新聞！）「蒙恬鶴壽到遐齡？」（●名將蒙恬，早教趙高李斯給害死了，老百姓還指望他長壽呢。）老百姓還關心萬里長城修好了沒有：「長城萬里民苦役？」老百姓還關心愚民政策推行到什麼程度了：「竹簡燒殘誰識丁？」下面是結束：「願借清談告消息，人間掌故要細聆。」

●那漁人又是怎麼回答的呢？

■我也沒看見漁人的回答。也許寫詩的人認為不需要回答，單是這些問題就很有意思了。

●對，對，很有意思。陶淵明先生當初為什麼不這樣寫呢？

■我們沒有理由問這個問題。陶淵明的〈桃花源記〉是一等一的好文章，《家語》記載孔子過泰山側那一段也是一等一的好文章，——至少也是一等二的好文章。剛才我舉這兩個例子給你聽，僅僅是說怎樣使題材膨脹，讓許多細節呈現出來。這跟文章的好壞沒有絕對的關係。

●沒有「絕對」的關係？是不是有時候也有關係？是不是過於簡略也不一定好？

■當然，「簡潔」好，「簡略」不一定好。像「孔子過泰山側」那樣的文章，後人尊之為「簡古」，簡古又和簡潔、簡略都不相同。

●把題材「吹」起來之後，還要不要簡潔？

■當然要。不過用這種籠統的詞語來說明寫作技巧是有困難的，我們還是探討實例。「苛政」由兩個字演成兩百多字，是一個例子，武陵人和漁人之間本來只有兩個話題，現在多出來八個話題，又是一個例子。

●請你再多舉幾個例子。

■《水滸傳》有所謂簡本和繁本，你知道吧？（●不知道。）據學者研究，《水滸傳》這部小說，在很長的年代裏，經過好多位作家補充修改，作家把很多情節「吹」起來。這種版本叫繁本。後來開書店的人另有想法，他認為一般讀者看小說是要看更多的情節，於是增加了梁山好漢征遼和征方臘兩件大事，這樣一來書更厚了，印刷成本太高了，書店就找人動手刪減，把「吹」起來的部分簡化了，很多地方變得簡略了，這種版本叫簡本。你將來到大學裏研究中國文學，——如果你在這方面有興趣，——不妨拿繁本簡本對照閱讀，看看能有多少發現。

●簡本和繁本，那一種文學價值高？

■公認繁本的文學價值高。

●這豈不是「繁」比「簡」好？

■就《水滸傳》來說是如此，別的作品又未必，我們不能任意推論。

●《水滸傳》的簡本、繁本都太遙遠了，手邊眼前有例子沒有？

■中國的古典神話，有一條是「夸父逐日」。書架上有辭源，你把「夸父逐日」查出來看一看。

●好，夸父逐日：夸父與日逐走，八日，渴欲得飲，飲於河渭，河渭不足，北飲大澤，未至，道渴而死，棄其杖，化為鄧林。——簡古得很！

■書架上有一套讀本，其中有一篇文章，就是用這段簡古的記載「吹」成的。

●我來找。題目：追太陽。本文：太陽是個英俊的王子，他住在東海裏面一棵大桑樹上，那棵桑樹大得像一座山。（■日出扶桑。）每天早晨，太陽王子駕著白色的馬車，帶著金箭，出來旅行。他從萬民頭上經過，一天之內走遍世界。人們仰起頭來看他，只能看見一團白光。（■太陽神是坐車的，用六條龍拉車。）晚上，太陽王子回到那棵大桑樹上休息，第二天早晨再出發。他每天不停地奔馳，從來沒有間斷過。——好像是個兒童故事？

■文字十分淺顯，適合少年兒童閱讀。不過這個故事的意義很豐富，我們也可以看。文章開頭先介紹太陽，再看下面：

●在遙遠的北方，叫做北海的地方，住著一個巨人。他的身材太大了，一隻腳可以踩沉一條輪船，一口氣可以吹走一座冰山。（■注意這兩句的寫法，兩件事並列，兩句話句型相同，這叫排比。）他蹲在那兒也像一座山那麼大。這個巨人的名字叫夸父。

■介紹完了太陽，接著介紹夸父。這種寫法，有點像電視轉播球賽，開賽之前，電視記者先把甲隊乙隊介紹一下。這種寫法清楚明白，技巧也不困難。

●有些故事，好像是一開頭兩個球隊就打起來了，慢慢看下去才弄清楚雙方的面貌。

■那種寫法比較難？

●北海的氣候非常寒冷，而且永遠一片漆黑，即使是太陽從天上經過的時候，也不過是在遙遠的天外出現了一個白點。（■介紹了太陽王子和夸父之後，接著寫兩個人的處境不同。由於處境不同，夸父受到刺激，才去和太陽一爭長短，兩個不相干的人這才發生了糾纏。所以這幾句話很重要。）孤獨的夸父，蹲在那兒很不快樂。他知道太陽王子那麼英俊，那麼活潑，那麼受人歡迎，（■注意這一連三個「那麼」的用法。）心裏很不服氣。他想：「我什麼地方不如太陽？太陽憑什麼那樣驕傲？」

■這是寫夸父逐日的動機。原來的資料沒有提到動機，而人物的動機是很重要的。

●於是，他起了一個念頭：跟太陽賽跑。他自信比太陽的馬車跑得更快，可以讓太陽王子認輸。

■下面正式進入正題了。

●有一天，夸父遠遠望見太陽在天邊出現，就邁開大步，飛奔直追。他的腿是那麼長，（■注意：前面先介紹了他的高大。）三步兩步就走出北海，跨上太陽的軌道，太陽在他前面越來越大，（■不說越來越近而說越來越大，更能表現逼近的感覺。）不再是一個小白點，而他的影子也越來越長，從天空一直落到北海裏。

■寫了太陽越來越大，接著再來一句影子越來越長，你有什麼感覺？

●怪可怕的。

■還有呢？

●感覺更逼近了。

■下面一句是什麼？

●這一句是：他離太陽越來越近了。

■這一句單獨成段是不是？（●是。）為什麼要單獨成段呢？（●不知道。）這表示這一句非常重要，把它放在醒目的地位。這是分段的一種技巧。

（● 這一句為什麼特別重要？）這一句寫出了夸父一直在追，已經追了很久，已經接近目標，一旦追上了，真不知道會發生什麼樣的事情。這一句製造了緊張和懸疑。你再念下去。

● 下面是「太陽王子！看你往那裏逃！他暗暗得意。」這一行又是單獨成段的，也是要引我們特別注意嗎？（■ 是的，要拉長時間，加強你的期待和焦慮。拖得太久也不行，下面該揭曉了。）

● 下面是：可是，他離太陽近了，才知道太陽光那麼熱，他在寒冷的北海裏住慣了，熱得有點受不了。（■ 注意，這一段開頭有個「可是」。如果沒有這個「可是」，對「文義」並沒有影響，你念出來試試看。）他離太陽近了，才知道太陽光那麼熱，他在寒冷的北海裏住慣了，熱得有點受不了。（■ 你和上一段連起來念念看。）太陽王子！看你往那裏逃！他暗暗得意。他離太陽近了，才知道太陽光那麼熱，——

■ 少了「可是」，有什麼感覺？

●好像斷了氣。

■對，它對文義沒有多大影響，對「文氣」很有影響，有了它，不增加讀者的了解，沒有它，卻削弱了讀者的感受。在這裏，「可是」是一個急轉彎，它暗示你，你期待的你焦慮的事件要發生了。你繼續念吧。

●汗水從他身上流下來，滴在地面上，好像下了一場大雨。（■你看夸父多麼高大！）太陽的強光也逼得他睜不開眼睛。（■作者趕緊補上一筆：太陽也不是弱者！兩強角力，這才驚天動地。）「我一定要追上太陽，超過太陽！」他的決心一點也不動搖。他閉上眼睛，（■因為前面說太陽的光很強。）張著大口，（■前面說過太陽光很熱。）拚命前進，他吐出來的氣吹走了滿天的烏雲。（■前面說過夸父非常高大，不是一個凡人。後面這些話，都是前面發展下來的，前後照應，也是行文常用的技巧。）我以為「可是」之後，夸父就失敗了，怎麼還沒有？

■非但沒寫他失敗，還繼續寫他的強大。不能讓他一下子就失敗，失敗得太快，就不是「吹」了。夸父雖然還沒有失敗，他的弱點已經暴露出來，後來終於失敗，也就很合理。你念下去。

●萬里無雲的好天氣，怎麼會下雨？地上的人覺得奇怪，一齊仰臉望天。他們望見一團黑影靠近太陽。太陽的半邊被黑影遮住了。又過了一會兒，太陽完全被黑影遮沒了，太陽的光線只能在黑影四周鑲上一道白邊兒。這時，寒冷的雨點嘩啦嘩啦撒滿大地，陰慘慘的風吹得人人心驚。怎麼啦？難道有什麼怪物把太陽吃掉了嗎？受驚的人們大哭大叫，大聲祈禱。——哇，精采！

■作者換了個角度，寫地上的人群看見了天象的變異，這是側面描寫。競爭的劇烈，夸父的強大，夸父的危機，都從側面表現出來了。有了這一番描寫，不但夸父逐日是一件大事，夸父的失敗也是一件大事。這一段文字，就是所謂「最高潮」。下面呢？

●剎那間，黑影突然消失了，大地震動了幾下，依然是晴朗的天氣，一切恢復正常。（■仍然從側面描寫，可是下面要回到正面的主線上去了。）原來當夸父追上太陽，正想要超過太陽的時候，他實在支持不住了。他累得難受，也渴得難受，終於倒了下來。他倒下來的時候，造成地震。他倒在大河旁邊，一口氣喝乾了河水。（■這是正面寫夸父失敗，和側面互為表裏。）當他快要追上太陽的時候，他的力氣就已經用盡了，汗已經流乾了，那時他過於興奮，照樣支撐下去，等到他忽然倒下來，就再也不能爬起來了。（■注意三個「了」字的用法。）他的生命已經消耗得乾乾淨淨。

■最高潮後面不能立刻剎車，得有一些迴盪。上面這段文字，在氣勢上是迴盪，在意義上是解釋夸父失敗的原因。

●他追上了太陽，可是，他也累死在路上。他的頭髮變成森林，他的眼睛變成星星，他的骨骼變成山脈。（■注意一連三句句型相同。）他的故事一代一代傳下來，變成中國的神話。——完了。

■最後這一段，也是一個迴盪。這一段在文義上有餘不盡，好像夸父死得不甘心，死了還要表示反抗，使人覺得回味無窮。高潮和迴盪，你好好地玩味一下，下次你到了海邊上，別忘了看那海浪，海浪一個接一個滾過來，越滾越大，高高地撲在岩石上，落下去，往後退，變成小浪，小浪再湧到岩石底下，再退回去，再湧回來，再退回去。然後才消失。

●海浪跟作文居然有關係？

■要不，太史公怎麼遊歷了名山大川之後，文章才越寫越好呢？

第十二問

劍外忽傳收薊北

刺激　思考　決定

賀失火　有錢難買回頭看

一本書的啟示　岳飛　耶穌

●「劍外忽傳收薊北」，杜甫的這首詩真的很好嗎？

■真的很好。

●昨天晚上，父親教我和妹妹讀這首詩，「劍外忽傳收薊北」，一句詩七個字有兩個地名，地名就佔去了四個字，讀起來有什麼滋味呢。妹妹更妙了：「初聞涕淚滿衣裳」，她大吃一驚。「怎麼？杜甫不帶手帕的呀？」

■不是不帶手帕，是來不及掏手帕，情感洶湧，眼淚馬上流出來了。

●李後主「揮淚對宮娥」，後人批評他忘了老百姓，杜甫不是也只想到「卻看妻子愁何在」嗎！「慢卷詩書喜欲狂」，你猜妹妹怎麼說？杜甫，他得先換一件乾淨衣服呀，別把鼻涕沾到書上去，唐朝的書都是古董寶貝呀。

■你看最後兩句怎麼樣呢，「即從巴峽穿巫峽，便下襄陽向洛陽。」

●兩句詩裏有四個地名，我們對這些地名沒有什麼興趣。

■唉，巴峽，巫峽，襄陽，洛陽，這些地名，可都字字落在我的心坎上呢，用「文藝腔」來說，可都「撥動了我的心弦」呢。對日抗戰期間這首詩最流行，那時候「劍外」的人都巴望著「薊北」收復，都夢想有一天「即從巴峽穿巫峽，便下襄陽向洛陽」，杜甫能在兩句七言詩裏放進四個地名，彼此對仗，而又十分流暢，流暢得像你在長江坐船「千里江陵一日還」，別人還真沒有這個本事。對日抗戰後期我正在讀中學，期末大考地理老師出題目，教我們把「即從巴峽穿巫峽，便下襄陽向洛陽」畫成地圖，把沿線的都市山脈河流省界都畫出來，還真沒難倒我們，因為我們平時已經拿著地圖玩索過幾百遍幾千遍了呢。

● 我們又沒參加抗戰，教我們小孩子怎麼辦呢？

■ 我有一個看法，別人未必贊成，令尊大人聽見了，也許不以為然。我認為你們這個年紀讀古文唐詩，是領會它的文學技巧，不是接受他的思想情感。以杜甫這首詩來說，巴峽巫峽襄陽洛陽這些地名，對你們固然太抽象了，就說「白日放歌須縱酒」這一句，又豈是健康的反應呢，「劍外忽傳收薊北」之時「須縱酒」，你對年輕人怎麼交代呢？

●李白，杜甫，詩裏處處是酒，難道都成問題嗎？

■不成問題。這要換個角度來看。「劍外忽傳收薊北，初聞涕淚滿衣裳」，軍事勝利的消息傳來，家鄉又可以過太平日子了，杜甫忽然聽到了這個消息，心情十分激動。大凡人受了外界事物的刺激，思想就會活躍起來，這時思潮起伏，「卻看妻子愁何在」，掛念遠在家鄉的妻子。「漫卷詩書喜欲狂」，這時那有心情讀書，書本都該收拾起來，準備帶著回家。「白日放歌須縱酒」，很想去痛痛快快喝個醉，這可不是借酒澆愁，這回是慶祝。「青春結伴好還鄉」，回家的時候，有那些人可以一路作伴？這些念頭，在杜甫心中一個一個發生，終於，他下了個決定：「即從巴峽穿巫峽，便下襄陽向洛陽」。坐船，走水路，還鄉。整首詩透露的心理活動是刺激→思考→決定。

●你又提出一個三段式：刺激→思考→決定。

■就管他叫三段式吧，你可以從很多文章裏找到這種三段式的脈絡來。我從前讀過柳宗元一篇文章，題目是《賀進士王參元失火書》，一個叫王參元的進士家裏失火，柳宗元寫了一封信去道賀。

●人家失火，他去道賀？他跟那家人有仇？

■絕對不是。他有他的理由。那時候，我那裏懂他那一套老於世故的「哲理」？可是，我學會了他的「三段式」。

●請你把他的三段式寫法告訴我吧，我就不必讀那篇文章了。

■這篇文章，將來還是要讀的。柳宗元跟那個失火的王進士是好朋友，好朋友家裏失火，而且什麼都燒光了，這個消息自然是一大刺激。柳宗元受了刺激以後，思想活躍起來，他想，王進士人品高，可是社會上一向不敢表揚他的人品，王進士才學好，朋友也一向不敢推薦他的才學，為什麼，因為王進士家很有錢，誰要是稱讚他，推舉他，就好像是誰得了他的錢財，就好像是誰為了得他的錢財巴結他。

●既然王進士才學好，人品高，大家稱讚他推舉他也是應該，為什麼有人要說這是貪圖他的金錢呢？

■這就叫人言可畏，社會上的人，大都喜說人家的壞話，不肯說養人的話。——這個「養人的話」，用文藝腔來說，就是「對人有營養的話」，也就是對人有益的話。「君子防未然，不處嫌疑間」，就是免得這些人飛短流長。

●就算沒人誇他好，王進士又有什麼損失呢？

■王進士就得不到一個很好的職位來施展他的抱負。柳宗元常常為這件事不平。現在王進士家失火燒光了，變成窮人了，……

●王進士很有錢，怎麼會一下子燒窮了呢？

■這得解釋一下。第一，那時候蓋房子並沒有今天的防火材料，尤其是大戶人家的房子，都有百年左右的歷史，木料全乾透了，一旦失火燃燒，就燒個徹底。第二，那時候沒有消防隊，沒有今天的消防器材，雖然大家都來救火，那真是杯水車薪，無濟於事。第三，那時沒有銀行，沒有人出租保險箱，所有的現款，所有的金銀珠寶、古董字畫、綾羅綢緞都放在家裏，不燒則已，一燒同歸於盡。還有，第四，那時候沒有保險制度，王進士一定沒保火險。

●原來是這樣的！從前的事還真不容易明白。

■所以，從前的詩詞文章，在你眼裏也就真難欣賞。——王進士變成窮人以後，大家就沒有顧慮了，社會也就可以公平的對待他了，王進士的房子燒掉了，王進士的人品才學卻一夜之間顯出來了，朋友都可以替他說話了，上面也可以重用他了。對王進士來說，失火反而是一件好事。這是柳宗元的想法。他想清楚了，就決定寫信給王進士道賀，勸王進士不要難過。

●這個理由呀，虧得柳宗元想得出來！

■今天別想他的理由，想他的三段式。這種寫法，你想不想試一試？

●刺激，思考，決定，是不是得把文章平均分成三段？

■當然不必。以柳宗元賀王進士失火的那封信來說，刺激、思考都只有寥寥幾句，精華全在中間的部分。刺激是個引子，決定是個收尾，中間的思想活動才是作者的本旨。

●如果把「思考」寫得很短，而把另一部分——刺激或決定——寫得很長，行不行呢？

■行，行。甚至你可以只寫刺激，思考，沒有決定。歐陽修的《秋聲賦》就是這樣。歐陽子夜方讀書，忽然聽見某種奇怪的聲音，「刺激」。他斷定這是秋聲，秋聲引起他的議論和感歎，「思考」。最後他用四壁蟲聲唧唧和他的歎息結束，那不是決定，而是一種無可奈何。

●這麼說，我倒無意之中用過這個三段式。

■什麼題目？怎樣寫的？

●題目是「我最近得到的一個教訓」。（■好題目。）那一陣子我常丟雨傘，下雨天帶傘出門！回家的時候雨停了，雨傘用不著了，總是忘記帶回來。（■心疼嗎？）有時候丟的是新傘那！（■回到家裏挨罵了沒有？）挨罵是事有必至，理有固然。（■這就有了「刺激」。）有一天，在丟傘挨罵之後，我仔細反省檢討一番。丟傘事小，可是顯得我太不負責、太不可靠了，再說這個毛病一直改不了，也有悖「勿以惡小而為之」的古訓。其實要想不丟傘也有辦法，只要用心記住一句話：有錢難買回頭看。（■這句話是什麼意思？）這是一句俗語，教人在離開一個地方的時候不要起身就走，最好回頭看一下，這一看，發覺還有雨傘沒帶！（■有錢難買回頭看！你有了決定。）從此我決定：放學離開教室的時候，回頭朝牆角看一眼；下車的時候，回頭向座位上看一眼；吃完了冰淇淋付賬的時候，也朝座位上看一眼。

■你做對了，像「我最近得到的一個教訓」這樣的題目，天然包含著刺激、思考和決定。

●還有什麼題目可以這樣寫？

■聯考作文題出過「對我影響最大的一個人」，「一本書的啟示」，都可以這樣寫。

●一本書的啟示，這個題目很好，可是聽說有些考生提出抱怨，說他「並沒有這樣一本書」。

■既然碰上這個題目，你就非有這樣一本書不可。（●啊？）你平時應該看書，至少看一本書，這本書該是大賢大哲大文豪寫的名著。「一本書的啟示」，閱卷先生打開你的卷子一看，這本書是《作文七巧》，這恐怕不妥，我勸你不要冒這個險。

●要那一本書才行？

■比方說，《論語》。

●我沒讀過《論語》啊！

■你讀過一部分，教科書裏不是選過好幾段嗎？

●那是一課課文，不是「一本書」。

■你不是說沒有「一本書」嗎，總不能交白卷是不是？（●當然。）《論語》是一部什麼樣的書，你總該知道吧？

●論語者，二十篇，群弟子，記善言。

■好，把《論語》是一本什麼樣的書寫下來，然後挑出其中一段或者一句來發揮，比方說，「學而時習之，不亦樂乎？」這句給你很大的啟示。

● 一句話？行嗎？

■ 閱卷的先生大概不會要你把整本《論語》的精義歸納出來，他目前不會對你抱那麼高的期望。

● 只有一句話，未免太少了。

■ 再加一句：「己所不欲，勿施於人。」

● 我如果這樣寫，閱卷的老師會不會看穿我的底牌？

■ 他當然看得出來，但是他多半會讓你及格。（● 這個辦法不錯！）這個辦法並不好，最好的辦法是你真讀幾本古典名著，從裏頭真正得到啟示。

● 別的題目呢，「一個對我影響最深的人」，寫什麼樣的人好？

■ 我們天天受人影響，問題是誰「最深」。如果我說這人是母親，大家自然沒有話說。如果我說這人是我的房東，或者是一個清潔工人，這篇文章就得材料好，技巧好，閱卷委員就會提高對這篇文章的要求。在我看，你還是從岳飛啦、文天祥啦這些大人物身上找啟示吧，這樣平穩一些。

●提到岳飛，他對我的影響還真不淺哩。他誕生以後沒多久，他的故鄉不是有水災嗎，他的母親抱著他，坐在一口大缸裏避水，不是有隻大鳥罩在缸上飛嗎，都說這是岳飛命大，上天派這隻大鳥替他當傘。岳飛精忠報國，可惜被那奸相秦檜害死了，我讀到風波亭那一段，想起那隻大鳥來，咳，這時候上天做什麼去了，怎麼不來救岳飛呢，當年岳飛並不怎麼需要大鳥來打傘，上天派大鳥來了，後來岳飛需要上天搭救，上天怎麼不管了呢？

■不得了，你這也是「讀書得間」呀！

●後來我讀耶穌的傳記，發現耶穌小的時候也很蒙上帝照顧，可是耶穌被人家釘上了十字架，他最後的遺言是：「我的上帝，你為什麼離棄我？」咳，他的情形跟岳飛一樣，上帝怎麼只管小事不管大事？

■好文章！好文章！可是，這種文章恐怕不能上考場。（●為什麼？）因為應試的文章要合乎正格，不宜走偏鋒。

●文章還有這些分別？好文章還不就是好文章嗎？

■自來應試的文章講求心正意誠，車大路寬，名士創作卻是爭奇鬥妍，搖盪性靈。這是兩條路子，用成語來表示，就是「功名中人」和「性情中人」。

●我要做性情中人。

■我贊成。可是我們今天談的是考作文呀！

第十三問

死守規則運動　僕人　合同
贊成　反對　調和
讀書的甘苦　岳陽樓
最苦與最樂

●你上次介紹的三段式，我已經學會了，我想這種三段式一定還有很多，能不能再告訴我幾個？

■可以。不過我得先告訴你，所謂三段式四段式都是我們貪圖方便的說法，它在別人的文章裏並不明顯，它在我們的文章裏也應該若有若無。

●有了三段式四段式，作文容易得多了。我的辦法是先照著式子起草：一、刺激，二、思考，三、決定；然後我再修改，把段與段之間的界線弄模糊。我也想到，所謂三段式也只是個大致的說法，我也許可以寫「刺激」的時候同時寫「思考」，或者寫「思考」的時候同時寫「決定」。

■如果能這樣做，就可以只見其利不見其弊了。作文不能沒有方法，也不能完全遵照方法，這話聽來很矛盾是不是？其實何止是作文？天下有很多事，死守方法規矩一定做不好。舉例來說，美國工人常常和資本家對抗，他們有個「死守規則運動」，相當厲害。工人按時上班，人人把工廠定下的各種規章背得滾瓜爛熟，人人咬文嚼字，引經據典，故意來個食而不化，他們並沒犯規，不僅沒犯規，而且格外循規蹈矩，可是這樣一來，工廠的生產就停頓了。

●這怎麼會呢？

■怎麼不會呢。我在梁實秋先生寫的一本書上讀到一個故事，大意是，有個主人，待他的僕人十分苛刻，他和僕人定了一份詳細的合同，把僕人該做的事都寫在上面，他常常拿著合同指責僕人，怪他這件事沒做、那件事沒做。有一天，主人到野外散步，僕人在後面跟著，不知怎麼地上有個陷阱，不知怎麼主人掉進去了。主人在下面大叫，要僕人把他救上來，你猜那僕人怎麼著？他不慌不忙掏出合同來說，我得先看看上頭有沒有這一條。

●那還用看嗎，合同上頭當然沒有。

■正因為死守規則行不通，所以有人反對有什麼作文方法；又因為作文不能漫無法度，所以有人主張該有作文方法。

●正因為贊成反對都有理由，所以剛才你說不能完全沒有方法，也不能完全遵照方法。

■這是折中調和。你看，贊成，反對，調和，可不可以成為三段式？

●這個三段式可以寫議論文呀！

■這個章法，也許你早已用過，只是不知不覺罷了。

●什麼樣的題目，這樣寫最合適？

■有些事情是你一定不能反對的，例如愛國；有些事情是你一定不能贊成的，例如吸毒；還有一些事情是你不能改變的，例如三加二等於五，氫二氧一化合為水。但是在我們的生活裏有很多很多事情是可以正反兼顧的，是可以斟酌損益的。就拿吃菜來說吧，有人說四川菜好吃，有人說江浙菜好吃，其實呢？（●都好吃。）做得好，都好吃。有人說這個女明星漂亮，有人說那個女明星才漂亮，其實呢？（●都漂亮。）她們也許都很美，也都不十全十美。

●我想起來了，上次那個辯論會，辯論形式重要還是內容重要，最後主審的委員講評，就說形式和內容都重要。

■文學作品的形式和內容是融合為一的。

●那又為什麼要我們分成兩隊互相攻伐呢？

■有些學者反對舉行這種辯論，認為把人的想法都搞偏了。

●那麼，為什麼學校年年要有辯論會呢？

■當然因為那反對者的意見仍然有斟酌的餘地。辯論能訓練口才，能培養團隊精神，不必細表。我們該注意的是，辯論會的題目，一定是正反兩面都能成立。「為學重要還是做人重要？」這才可以旗鼓相當各執一詞。「為學重要還是散步重要？」論散步之重要也可以洋洋洒洒，但是策劃辯論會的人不會要這樣的題目。

●這麼說，辯論會是根本不必舉行的嘍？

■是又不然。你也許一向認為理科比文科重要，但是你從沒有慎思明辨一番，直到你有一天參加辯論，你這才十分認真、十分透澈的把理由想全了，把邏輯想通了。這才把一個朦朧的想法變成真知。

●這樣會不會又想偏了呢？

■你參加辯論不研究「敵情」嗎，知彼知己才百戰百勝。如果你在「理科重要」的一隊，你們必定開會研究「文科重要」的理由是什麼，你們設想對方可能怎麼說，你們和對方同樣用心同樣認真。這一來，你雖然主張理科重要，卻也把文科的價值弄清楚了。

●有一次，我們辯論文言重要還是白話重要，我參加白話重要的一組。我們開會研究怎樣對付「敵人」，主席規定每個人舉出一條「文言重要」的理由，教大家練習打靶。你猜怎麼樣？討論了一陣子，有個同學說他不參加這一個組了，他原來以為白話重要，現在他改變立場，要參加「文言重要」的那一組去了。

■沒關係，由他，說不定幾年以後他又回到「白話重要」這一邊來了。

●贊成，反對，調和，這個三段式不就等於一個小小的辯論會嗎？（■是啊。）好像很難？

■難就難在你得兩面想。我們有個常犯的毛病，既然認定文言重要，就不去想白話重要的理由了，一旦相信理科重要，就懶得聽文科為什麼重要了。我有一個朋友，他堅決反對節制生育，我問他，今天某某報上有一篇專論，列舉了應該節制生育的十項理由，你看了沒有？他說我是反對節制生育的，為什麼要看他們的理由？那麼，我又問，你能不能也列出十項理由來呢？他說節制生育是錯的，我是對的，擇善固執就好了，要什麼十大理由？

●他倒乾脆，什麼辯論會作文方法全免了。

■如果我們常寫議論文，常用「贊成、反對、調和」三段式寫論說文，就可以克服上面所說的偏執。

●像「讀書的甘苦」這個題目，每隔幾年就出現一次，以後碰上了，我準備「贊成、反對、調和」，你看行不行？

■這甘苦二字，審題時大有講究，習慣上，「甘苦備嘗」是重苦而輕甘的，但若說到讀書的「甘苦」，又好像重甘而輕苦。（●我該怎麼辦？）讀書的「正論」是甘多於苦。

●文章開頭，先說苦、還是先說甘？

■先說甘。

●我早想過了，讀書的樂趣有三項。第一，以前不知道的，現在知道了，這好比登山望遠，越登越高，看到的天地越寬。

■會當凌絕頂，一覽眾山小。

●第二，以前不能的，現在能了，好比練武功，越練本事越大。

■閱卷的委員看到這裏，也許認為你看武俠小說太多，說不定他對愛看武俠小說的學生有成見。換個比喻吧，就說好比射箭越射越遠。（●射箭不也是練武？）那不同，孔子說過：君子無所爭，必也射乎。……第三是什麼？

●第三，讀書也是一種享受，讀書越多，享受越大，好比以前沒吃過的山珍海味現在吃到了，以前沒住過的華屋美廈現在住進去了。

■很好，以讀書為樂的人如是云云，以讀書為苦的人呢，他該怎麼說？

●讀書的苦，第一是學問的鑽研要很長的時間，花很大的精力，絕不容你偷懶，一分勤奮一分收穫，一分怠惰一分荒廢，鐵硯可以磨穿，學海卻是無涯。苦！

■秀才的標準形象是個瘦子，大概就因為讀書太苦了。

●讀書的第二苦是考試的壓力，要說讀書讀瘦了，一點也不假，聯考當前沒有不減輕體重的。

■讀書人自來要通過考試的競爭淘汰得到社會的肯定，這是歷代讀書人多半要作的惡夢。

●我的答案是讀書有三樂二苦。

■好，三樂二苦，你調和吧。

●我不知道怎樣調和才好，你下手吧。

■照那覺得讀書苦的人說，讀書有許多痛苦，那讀書樂的人又認為充滿了快樂，我們認為雙方都有事實根據，雙方都應該得到我們的承認。（●讀書有苦有樂？）讀書的滋味是樂中有苦，苦中有樂；再進一步說，讀書可以得到快樂，但是往往要先通過痛苦，也惟有真正享受了讀書之樂的人，才配談讀書之苦。

● 調和，聽起來好像就是綜合？

■ 你也可以把這個三段式的最後一段叫做綜合。如果叫綜合，這個三段式的前兩段，可以敘述兩種不同的情景，不一定要提出兩種不同的意見。現在我們來看范仲淹的〈岳陽樓記〉。你來讀一遍好不好？

● 慶曆四年春，滕子京謫守巴陵郡，越明年，政通人和，百廢俱興，乃重修岳陽樓，增其舊制，刻唐賢今人詩賦於其上，屬予作文以記之。

■ 這是一個「緣起」，我們先不去管他。

● 予觀夫巴陵勝狀，在洞庭一湖。銜遠山，吞長江，浩浩湯湯，橫無際涯，朝暉夕陰，氣象萬千，此則岳陽樓之大觀也，前人之述備矣。然則北通巫峽，南極瀟湘，遷客騷人，多會於此，覽物之情，得無異乎？

■ 這一段文字的作用，相當於標點符號裏的「：」，下面出現了我們三段式的第一段。

●若夫霪雨霏霏，連月不開，陰風怒號，濁浪排空，日星隱曜，山岳潛形。商旅不行，檣傾楫摧，薄暮冥冥，虎嘯猿啼。登斯樓也，則有去國懷鄉，憂讒畏譏，滿目蕭然，感極而悲者矣。

■這一段是寫「悲」，下一段相反，寫的是「喜」：

●至若春和景明，波瀾不驚。上下天光，一碧萬頃。沙鷗翔集，錦鱗游泳，岸芷汀蘭，郁郁青青。而或長煙一空，皓月千里，浮光耀金，靜影沉璧。漁歌互答，此樂何極，登斯樓也，則有心曠神怡，寵辱皆忘，把酒臨風，其喜洋洋者矣。

■一悲一喜，截然不同。下面是他的綜合：

●嗟夫，予嘗求古仁人之心，或異二者之為，何哉？不以物喜，不以己悲，居廟堂之高，則憂其民，處江湖之遠，則憂其君，是進亦憂、退亦憂。然則何時而樂耶？其必曰先天下之憂而憂，後天下之樂而樂歟！噫，微斯人，吾誰與歸？

■順便再讓你看一篇文章：梁啟超寫的〈最苦與最樂〉。你先念第一段。

●人生什麼事最苦呢，貧嗎？不是。失意嗎？不是。老嗎？死嗎？都不是。我說人生最苦的事，莫若身上背著一種未了的責任。人若能知足，雖貧不苦；若能安分，雖失意不苦；老、死乃人生難免的事，達觀的人看得很平常，也不算什麼苦。獨是凡人生在世間一天，便有應該做的事，該做的事沒有做完，便像是有幾千斤重擔子壓在肩頭，再苦是沒有的了。為什麼呢？因為受那良心責備不過，要逃躲也沒處逃躲呀。……

■這是三段式的第一段。再看下面我作了記號的地方：

●翻過來看，什麼事最快樂呢，自然責任完了，算是人生第一件樂事。古語說得好：「如釋重負」；俗語亦說是「心上一塊石頭落了地」。人到這個時候，那種輕鬆愉快，真是不可以言語形容。責任越重大，負責的日子越久長，到責任完了時，海闊天空，心安理得，那快樂還要加幾倍哩。……處處盡責任，便處處快樂；時時盡責任，便時時快樂。快樂之權，操之在己。孔子所以說「無入而不自得」，正是這種作用。

■一苦一樂，相反相成。下面一段是綜合：

●然則孟子為什麼又說「君子有終身之憂」呢，因為越是聖賢豪傑，他負的責任越是重大；而且他常常要把種種責任攬在身上，肩頭的擔子從沒有放下的時節。曾子還說哩：「任重而道遠」，「死而後已，不亦遠乎？」那仁人志士的憂國憂民，那諸聖諸佛的悲天憫人，說他是一輩子感受痛苦，也都可以。但是他日日在那裏盡責任，便日日在那裏得苦中的真樂。……

■好，就念到這裏。這第三段，把下面兩段綜合了，你看，是不是跟〈岳陽樓記〉的章法有幾分像？

●很像！

■所以說方法是死的，人是活的！

第十四問

讀詩　文心　詩心　詩選　詩句

青山一髮　衣上生風

嗅覺　觸覺

●練習寫作，都說要多讀多寫。我該讀些什麼書？

■你想要我開書單嗎，這件事我幫不上忙。

●書總是一本一本分開讀的，你就先介紹一本書好不好？

■我介紹一「種」書吧，我勸你常常讀詩。

●我喜歡寫散文。

■孔子曰，不學詩，無以寫散文。

●孔子說過這句話嗎？

■當然沒有。

●詩，我也常看。詩，好像隨處都有，時時可以看見。（■它的形式也特別醒目。）詩，通常都很短，一下子就看完了，不需要特別準備。（■你讀一句，有一句的收穫；讀一首，有一首的收穫；讀一本，有一本的收穫。你早晨看報，一目十行，副刊上有詩，你只匆匆的瞄了一眼，說不定這一眼就是個豐收。這是別的體裁不能給你的。）詩到底對散文有什麼幫助？

■讀詩不但對寫散文有幫助，對寫什麼都有幫助。如果你晚上要寫信，先讀幾首詩再寫，說不定你寫出來的信就會多些情味。如果你早上要辦公文，先讀幾首詩再辦，說不定你辦出來的公文特別流暢自然。

●有這樣的事！這是為什麼呢？

■作文先要有「文心」。不管你是寫散文，寫小說，寫劇本，文心都是根本。可是我們這顆心不能天天時時都是文心。（●除了文心，還有什麼心？）心還是那顆心，只是有時候心亂，有時候心死，有時候心浮。心亂就對文學不忠實，自己敷衍自己，文章寫不出；或者寫得很潦草。心死就喪失了寫作所必需的那種敏感，文章寫不出；或者寫得很勉強。心浮就進不到人生和自然裏頭去，也就不能從人生和自然裏出來，寫出來的文章很庸俗。

●心亂和心浮，都是我常有的感覺，潦草和勉強，也都是常犯的毛病，只有「庸俗」，老師還沒有這樣批過。難道詩可以治這些毛病嗎？

■當然。（●為什麼呢？）詩由十足的文心裏出來，我們常常到詩裏頭去鍍個金，受個浸，充個電，讓我們的心不那麼亂，不那麼浮，也不那麼死。好比我們的手錶，每隔一些時候總要跟標準時校正一下。

● 詩也有諸子百家，先讀誰呢？

■ 標準答案當然是讀古典級的大家，坦白的說，像宋之問「近鄉情更怯，不敢問來人」這樣的句子，我到四十歲才懂；劉禹錫「舊時王謝堂前燕，飛入尋常百姓家」，我到五十歲才懂；陶淵明「結廬在人境，而無車馬喧」，我六十歲才懂。能在我年輕的時候幫助我的，不是陶謝李杜韓白，是袁子才、吳梅村、黃仲則這些人。

● 我也該先讀吳梅村黃仲則嗎？

■ 不，我不敢那樣主張。從前，我的老師曾經禁止我讀他們。可是我在二十歲以前總是覺得他們親切。現在你問我，我仍然勸你讀李杜韓白諸大家，如果讀不進去，再退而求其次吧。

● 怎麼有人說年輕人別讀舊詩，舊詩裏的人生觀是不健康的呢？

■我勸你現在不要讀詞，詞，除了《大江東去》等少數作品以外，教人越讀越消沉。詩，並沒有這般嚴重。舊時詩人，動不動傷老，傷貧，傷不遇，未嘗不可以當做反面教材。他傷老，我們想到惜陰，他傷貧，我們想到理財，他傷不遇，我們想到「創造環境，把握機會」。你若讀詩，我相信你有這消化的能力，讀詞，就不敢說了。

●我讀過一些舊詩，不管誰的詩，總有些句子我很喜歡，很受感動。你剛才說「讀一句有一句的收穫」，我現在讀一句算一句，行不行？

■我贊成，我也有過「讀一句算一句」的經驗，這一句，有時候對我們很有益處。記得我第一次讀到「羲和敲日玻璃聲」的時候，馬上著了迷，整首詩都忘了，只記得這一句。

●羲和好像是神話裏的人物？

■傳說他是太陽神的御者，也有人說他是太陽的父親。但是詩人筆下的太陽和羲和另有嶄新的關係。「羲和敲日玻璃聲」，詩人的想像多麼豐富，多麼大膽！英國有一家電影公司，產量不大，產品很精緻，他們每一部影片前面的固定片頭，就是一個肌肉發達的男子揮起長槌敲響一面大鑼，我每次看見這個畫面，就想起義和敲日，有一次，我做了一個夢，夢見用機關槍掃射太陽，叮叮噹噹漫天都是鑼響。

●欲上青天攬明月，我也做過登陸月球的夢，一旦身臨其境，月亮就不好看了。

■欲上青天攬明月不一定登陸月球。如果中秋賞月，天公偏不作美，你有沒有想過飛到雲層上面去看月亮呢？（●沒有。）從現在起，你可以這樣想。

●記得有一次經過一家裝裱店，他們正在裱一副對聯，下聯是「秋空一蝶下尋花」，我一看，登時傻了，上聯是什麼也忘了問。你說「秋空一蝶下尋花」好不好？

■很好，秋陽之下，偶然有隻蝴蝶在飛，我也見過。當時的感覺是這隻蝴蝶也活不長了，從沒想到它尋花，有了「下尋花」三個字，平凡的情景立刻很壯烈。無論詩或散文，這都是高境界。

●還有一句詩，「遠山一髮見人形」，我一方面覺得很喜歡，一方面也覺得很難懂。既然遠山一髮，距離當然很遠，怎麼能見到人形？

■這首詩是寫日景還是夜景？

●夜景。

■既是夜景，解釋不難，這時山在天幕之下只有一個輪廓，彷彿是個「人」字。

●原來是這個意思！那就平淡無奇。

■又不盡然。你看這裏有一根頭髮，它有起伏，但是並不聳起。「青山一髮」通常是形容一列長長的遠山，「青山一髮」和「見人形」通常不連在一起，如今聯在一起，應該另有內涵。

●還能有什麼別解不成？

■我不敢確定。這句詩中的意念如果到散文家手中，也許是真的把山當作一個飽經滄桑的巨人，石濤畫出來的山就給我們這樣的感受。天地蒼茫，萬籟俱寂，這個赫赫巨靈猶背天而立，——或者面天而坐，——頗有神話意味。也許散文家的靈感是由山的人形線條想像到山中居民，山中居民受地理環境限制，生活特別勞苦，那些人堅忍的表情和勞動時的姿勢，一時俱在眼前。不管這句詩應該怎麼詮詁，你受到它的啟發，可以有自己的想法。你的想法不需要註釋家認可，你是找寫散文的材料。

●詩人的一句話就是一篇散文？難怪你說，詩可以一句一句的讀。

■有時候，你可以一個字一個字讀。（●哦？）有時候，你讀一首詩，你對那首詩不能了解，不能接受，好像白費時間。——你的時間不會白費，裏面總有一個字吸引你，你從這個字的用法看見文心。例如韓愈的句子「水聲激激風生衣」，不是風吹衣，不是風拂衣，是風生衣，整句詩全靠一個「生」字。

●風生衣是不是衣上生風？（■我想是的。）我當初在成語字典上看見這四個字，字典的解釋是風拂起衣襟。我對這個解釋有些疑惑。

■風拂起衣襟也沒錯，不過只限很小的風，輕柔的風，風吹過來，簡直沒引起你的注意，直到衣襟飄上來，你覺得好像是衣襟搧出風來。這才是衣上生風。

●風那麼輕，那麼柔，又怎能把衣襟掀起來呢？

■噢，這得解釋一下。從前的士人多半穿長衣，很少短打。天氣溫和，衣服的質料應該很薄。這種衣服的大襟招風，像是江心的船帆。所以「衣上生風」也不全是詩人的主觀。

●這麼說，「衣上生風」現在用不上了？我們的制服太短，我們的風衣太厚，都不合「生風」的條件。也許女同學的裙子能「裙下生風」。

■不行，「裙下」兩個字另有固定的涵義，不能輕易改變。衣不生風，也就算了，你有沒有見過霧由無而有，由淡而濃、漸漸淹沒了樹林？那些霧就像從樹身上蒸發出來。在你眼裏衣不生風，樹可能生霧。

●我不大會描寫風景，看看同學們的作文簿，也多半不大注意寫景。讀詩能不能增加我寫景的能力？

■能，你已經學會了「樹生霧」。有沒有讀過「天邊樹若薺，江畔洲如月」？（●讀過，孟浩然的句子。）這兩句詩使我們想起「大遠景手法」，把洲和樹林都縮小了。

●「千山鳥飛絕，萬徑人蹤滅」是不是大遠景手法？

■我想不是，大遠景可以把千山萬徑盡收眼底，但是鳥和人就無從談起了。「千山鳥飛絕」應該是電影的「搖鏡」，鏡頭由左到右搖過去，畫面像個手卷次第展現，這才看得出山中無鳥，徑上無人。

●遠看一處攢雲樹，——

■大遠景。

●近入千家散花竹，——

■這是「推鏡」，攝影機往前推，景的縱深一步一步顯現出來，猶如我們走進桃源，一面走一面看兩旁的屋舍人家。

●暮從碧山下，山月隨人歸，——

■李白這一句「山月隨人歸」，使我聯想到易順鼎的「星月似隨吾馬東」，它們之間有衍生的關係。春江水暖鴨先知，金風未動蟬先覺，春風未動梅先覺，三者也有衍生的關係。你看，詩不但可以幫助散文，詩也幫助詩。

●散文和散文之間有沒有這種衍生的關係？

■有，不過不像詩這樣容易體會。先看詩怎樣幫助詩，再想詩怎樣幫助散文，最後再想散文怎樣幫助散文。

●模仿？

■先有「山月隨人歸」，後有「星月似隨吾馬東」，意思模仿，句法不模仿；先有「金風未動蟬先覺」，後有「春風未動梅先覺」，句法模仿，意思不模仿。這種衍生應該受到鼓勵。

●不得了，詩真是個寶貝，每一句都有用處。

■可不是？你再想想看；「暮從碧山下，山月隨人歸，卻顧所來徑，蒼蒼橫翠微，」這回頭一看，是寫景的一個奇招。你寫遊記，最後離開海灘，踏上歸途，有沒有回頭一看？

● 忘記了有這一招。

■ 下次記住了。有許多感覺，我們可能忘記了，詩提醒我們。例如我們寫文章一向注意視覺和聽覺，杜甫：「兩個黃鸝鳴翠柳，一行白鷺上青天」，既好看，又好聽。可是我們還有嗅覺呢，還有觸覺呢。

● 風生衣就和觸覺有關係？

■ 李頎有一句「霜淒萬木風入衣」，要用觸覺來欣賞。注意那個「淒」字，霜使所有的樹木變得很淒涼，所有的樹木都裸露在寒冷的空氣裏，這時人在野外，風入衣裏，——不是風生衣，是風入衣，風把衣服穿透了，風從領口袖口鑽進來了。

● 別說了，我要感冒了。

■ 錢曄有一句「沙鳥迎人水氣腥」，海水有腥氣，沙鷗身上也就有腥氣，沙鷗朝我們飛過來，把水的腥氣帶來了，你看詩人的嗅覺有多靈敏！

●我知道我該怎樣讀詩了。你剛才說「不學詩，無以寫散文」，我還以為你開玩笑呢。你說，我該花多少時間讀詩？

■你啊，你讀一輩子！

第十五問

火柴燃燒　棋局　模仿　兩棵棗樹
土鈕釦　蛇啣其尾　海濱遠足
因果

●你這是做什麼？為什麼守著一盆清水，水裏全是火柴梗呢？

■我在做一個小小的研究。你過來，我擦一根火柴給你看。你看！先是火柴頭的一部分射出火苗來，接著火柴頭的其他部分響應，你看，火焰裏裹著一種衝突，一種掙扎，把火焰撐成某種形狀。你看，像魚要出網，像岩石要大踏步走開。這一瞬非常非常好看。

●你一直在這裏看火柴燃燒？

■這是一種「無可名狀之形」，可以當美術品欣賞。每一根火柴燃燒成一個獨有的形狀，不和別的火柴雷同。我再擦一根給你看，它們誰也不抄襲誰。我真想把一根一根火柴燃燒的形狀拍成照片，拍一千張，一萬張，看它到底有重複沒有。

●地上這盆水是做什麼用的呢？

■我要把燒剩的火柴丟在水盆裏，我怕引起火災。

●我來擦幾根火柴試試看。——火焰是非常非常美麗的東西。——你怎麼想到用火柴做試驗的？

■火柴最經濟，最方便。火柴的燃燒最自然，不像焰火那樣呆板。火柴的燃燒有起步，有展開，有衰落，也就是有開始，有高潮，有結局，很像是寫一篇作品。尤其是，它們從不重複，每一根火柴都在創作。

●我正在學棋。我的老師說，古往今來，不知有多少人下過多少盤棋，每一盤棋，由開始第一步到結局最後一步，走棋的次序都不相同。沒有兩盤棋的過程完全一樣。這話你信不信？

■我信。如果象棋沒有辦法不重複，圍棋一定能夠。學棋的人，照著古人流傳下來的棋譜，故意重演一遍，當然不算。據說，兩人對弈，若是全部著子的經過和古人的某一盤棋完全相同，當最後一子落下的時候，馬上雷電交加，山搖地動。

●這是為什麼？

■因為發生了使自然界震恐的大事。

●這就奇怪了，照我的想法，應該是有人超越了古人的成就，創造了新的紀錄，這才值得驚天動地啊。

■大自然是厭惡抄襲、反對複製的。小說家福樓拜甚至說，樹上的葉子沒有兩片是完全相同的。樹葉我不敢斷定，我敢說，沒有兩棵柳樹或者兩棵榕樹完全一樣。至於長江決不模仿黃河，泰山決不模仿華山，那就更不用說了。文藝創作取法人生和自然，所謂「法自然」，就包含這種不與人同的精神。

●我們初學乍練，總要模仿吧。

■當然，當然。「李侯有佳句，往往似陰鏗。」李白也有一個模仿的階段。不過這個模仿，也不像同學們想的那麼容易。

●老實說，我一聽到創造呀，創新呀，就覺得茫茫然無從下手。你還是多談一談模仿吧。

■當年我讀中學的時候，國文教科書裏有一篇文章，開頭就說：「我家有兩棵樹，一棵是棗樹，一棵還是棗樹。」

●這話好像很可笑，怎麼能做課文？

■我們讀過這一課之後，有一個同學就在作文簿上寫：「我家有兩棵石榴樹，一棵是石榴樹，一棵還是石榴樹。」

●敢情他是在模仿呀？

■我家有兩棵樹，並沒有說明是什麼樹。那麼是什麼樹呢？一棵是棗樹，哦，棗樹。那另一棵是什麼樹呢？還有一棵也是棗樹。哦！也是棗樹。人家的敘述有層次。如果說，「我家有兩棵石榴樹」，張口見喉，什麼都告訴了讀者，下面兩句話豈不真正成了笑話？

●層次，原來是層次。那麼我是不是可以寫「我家有兩棵樹，一棵是柳樹，還有一棵也是柳樹」？

■你家有兩棵柳樹？院子好大啊！

●其實我家什麼樹也沒有。

■那，你不如說「我家沒有樹，沒有棗樹，沒有柳樹，沒有石榴樹，什麼樹也沒有。」為什麼沒有樹？底下接著寫「因為我家住在公寓的高樓上」。

●公寓，高樓，當然沒有樹嘍。

■陽臺上有幾盆海棠。

●好哇，這幾盆海棠可稀罕。

■文章就在幾盆海棠上。

●我常想，你們年輕的時候，人是什麼樣子呢，社會是什麼樣子呢，你們一定有許多有趣的、好玩的故事，我們很想聽。

■好玩的事情，有趣的事情，你們這一代才有，我們那時候歲月艱難，苦得很啊。

●那就說個「苦的故事」吧。

■我們那時候讀的是中學，穿的是軍服。（●為什麼穿軍服？）當時正是八年抗戰，學校實行軍事管理。（●穿軍服那可好玩啊。）那時候的軍服料子很差，剛剛發下來的軍服，穿了上操場，一個「臥倒，起立」，釦子全沒啦！

（●鈕釦那裏去啦？）你想不到吧，鈕釦不是金屬做的，是陶土做的，禁不起臥倒，起立，碎掉啦！

●現在有一些耳環，一些別針，都是燒磚燒瓦一樣燒出來的，也很漂亮、很結實呀。

■那時候那有這種原料和技術啊。

●釦子沒有了，不是很狼狽嗎？

■是啊。有個同學就在作文簿上立下一個志願，他說他將來要用黃金打成鈕釦，釘在他的衣服上。（●老師怎麼批的？）老師還說他有志氣那。（●後來？）後來他正式從軍，一帆風順。抗戰勝利那年，他就真的換上全副黃金鈕釦，還拍了照片，寄給我一張。（●這樣做，不是挺淺薄的嗎？）唉，沒兩年功夫，我碰見他，他一臉風塵，又是鈕釦全沒啦！

●這個人好可憐啊，你再說個別的故事吧。

■你是找我談作文的呢，還是來聽說書？

●是談作文啊。

■你聽出來了沒有？開頭是鈕釦，結尾又是鈕釦，如果是寫文章，這叫「蛇啣其尾」。

●蛇啣其尾……蛇啣其尾……

■你寫過「蛇啣其尾」的文章嗎？（●沒有。）要不要試一試？你到海濱去遠足，忘啦？

●我們那天坐著遊覽車，每人帶著一罐可樂。路上，導遊小姐帶頭要大家唱歌，我們把喉嚨唱乾了，就喝可樂，還沒到目的地，就把可樂喝光了。老師說，空罐不准亂丟，要丟在堆垃圾的地方，我們只好一人握著個空罐走上海灘。

■你們的空罐，後來丟到那裏去了？

●我們一直拿著總不是辦法，大家一商量，挖個沙坑埋下去吧。（■這個辦法不好，海灘是赤腳走路的地方啊。）這一層，大家沒想到。誰知道動手一挖，挖出一窩蛋來。（■什麼蛋？）導遊小姐說是烏龜蛋。我們一人揀了一個，握在手心裏，不讓老師看見。（■這一下子，烏龜家破人亡啦。）這一層，當時也沒想到，只想到回家想辦法孵個小龜出來。

■你們回來的時候，每人手裏藏著個烏龜蛋是不是？（●是。）你們去的時候，每人手裏拿著個可樂罐。這一頭一尾，可以啣接。

●可是手裏拿的東西不一樣。

■可是手仍然是手。

●這樣也可以蛇啣其尾？

■當然。

●挺容易的嘛！

■因為你的材料恰恰好。

●你寫文章寫了這麼多年，是不是有時候也找不到材料？

■寫作是一輩子的苦工，寫到最後一天也沒辦法把材料寫完。

●為什麼有人嚷著找材料，也有人說他沒有材料？

■那恐怕是別人出了題目讓他寫。

●我們寫，都是老師出題目，又不給我們時間去找材料。

■等你讀大學，寫論文，就可以自由找材料了。

●你有那麼多材料。你的材料，以那一類最多？

■這個嗎，要看怎麼分類。我從沒有分類整理過。我想，大概是，多半是些因果相生的材料吧。（●請你解釋一下。）天下事有因有果，而果又同時是因。有些材料，你得把握它們的因果關係。就拿你遠足來說，遠足是因，坐車是果；坐車是因，路上單調無聊是果；調劑單調是因，唱歌是果。下面的因果關係你自己找出來吧。

●唱歌是因：口渴是果。（■對。）口渴是因，喝可樂是果。（■對。）喝可樂是因，埋空罐是果。（■別忙，喝可樂是因，空罐是果。老師不准亂丟空罐是因，……）埋空罐是因，得龜蛋是果。（■很好。）這麼小的一件事情，中間有這麼多環節呀！

■想想看，任何一個環節都不能少。如果你們不在車上喝可樂，等下了車坐在冰店裏喝，不會發生空罐的問題，以後的情形就不同了。如果老師管得鬆，你們喝完了可樂就把空罐丟在座位底下，也不會埋空罐得龜蛋了。

●一因一果要明白寫出來嗎？

■千萬不可，要藏在你的敘述描寫裏。

●因生果，果生因，無盡無休，怎麼結束呢？

■所以要「蛇啣其尾」，告一段落。

●還有別的辦法嗎？

■有。因果循環，有三種可能，一種是因大於果，例如全體唱歌是大事，一時口渴是小事，因大於果。如果天氣太熱，心情太興奮，你喝著唱著昏倒了，這就是大事，就是果大於因。你們為了埋空罐，發現了一窩龜蛋，對你們來說，也是果大於因。

●因大於果，果大於因，還有呢？

■第三種是「果」把「因」消滅了，可以叫做因滅於果。（●這是一種什麼樣的情形呢？）你們埋空罐，挖沙灘，沒有發現龜蛋，沒有發現任何東西，悄悄的埋好，什麼事情都沒有了，這就是果消滅了原因，再沒有下回分解。

●這樣，遠足記就沒有趣味了。

■就你的材料而論，適合蛇啣其尾，不適合果滅於因。

●這個「蛇啣其尾」的寫法，古往今來，一定有很多人用過？

■當然。所謂文章作法，都是從已有的作品裏歸納出來的。

●人家蛇啣其尾，我也蛇啣其尾，萬一寫出來的文章跟人家相同，那怎麼好？

■不會。——除非你存心抄襲。

●我決不會抄襲。我是怕老師發作文簿的時候問我，你這篇作文怎麼跟以前某某人寫的文章一樣？是不是抄來的？

■以前那個某某人，也在海灘上埋可樂罐子挖出龜蛋來嗎？

●我想，不會。

■寫作是心靈的活動，心靈十分複雜微妙，人和人儘管心同理同，作品一定不同。我們不是說過嗎，兩根火柴擦著了，燃燒的姿態都不會完全相同。

●我們又回到火柴上來了。

■蛇啣其尾嘛！

第十六問

問題的問題　意念　符號

識字　用字　白話　文言

文學　性格　組合

●叔叔看了我的作文簿，給我一個大紅包做獎品，他要我增加「字彙」。——他是不是嫌我識字太少？

■你有一個好叔叔。——他究竟是要你增加「字彙」，還是增加「詞彙」？你聽清楚沒有？

●好像是詞彙，又好像是字彙。

■在我看來，你的文章是詞彙不夠。

●詞彙不夠又是什麼意思？

■從前，有一位先生在會議上發言，他說：「現在要提出一個問題。這個問題，本來不成問題，只因為大家忽略了這個問題，以致不成問題的問題終於成了問題。」

●怎麼這麼多的「問題」？

■這就是詞彙貧乏。他好像只有「問題」這一個詞可用。他如果知道注意詞彙的變化，會用別的詞來代替「問題」。

●我來試試。「現在要提出一個問題。」這第一個「問題」應該留著。（■對。）「這個問題本來不成問題。」這第二個「問題」呢，（■也可以留著。）第三個「問題」是非換掉不可的了。「這個問題本來不該存在，甚至不該發生。」行不行？（■行。）「只因為大家把它忽略了，」（■換代名詞，很好。）「以致這個不成問題的問題」，（■可以留著。）終於成了我們的障礙和困擾。

■很好，你念一念修改之後的發言稿。

●現在要提出一個問題。這個問題本來不該存在，甚至不該發生，只因為大家把它忽略了，以致這個不成問題的問題終於成了我們的障礙和困擾。

■最後結尾的地方語氣急促，改一改。（●怎樣改？）可以這樣：以致這個不成問題的問題，點斷；終於成了我們當前的障礙，點斷；也成了我們之間的困擾。整句完成。

●增加詞彙似乎不一定增加生字？

■原則上識字越多詞彙越豐富，但是並非增加多少詞彙就增加多少生字。李白又叫太白，又叫青蓮，這些字你都認識，都是用熟字組合起來的。太白又叫謫仙，也許這個「謫」字你很生疏，這才增加一個生字。

●我現在知道變換詞彙很重要，你能不能再舉個例子？

■夏丏尊先生說過，一個意念可以有許多符號。今，目下，眼前，現在，當代，現代，斯世，並世，我們的時代，這個年頭，是一個意念；濫觴，淵源，開端，起源，發生，發端，發軔，開頭，開始，開創，開場，揭開序幕，第一步，破題兒，行剪彩禮，是一個意念。

●這些意念相同的詞，是不是可以隨便換用？

■這可就一言難盡了。「今」是單詞，「當代」是複詞，一句之中若有好幾個詞，通常不能都用單詞，也不宜都用複詞，多半是奇偶相錯。「開頭」是白話，「濫觴」是文言，該用那一個，得看文章的風格和句子要達成的效果。此外還得考慮到字音，也就是音節。還得考慮一句之內用字能不能重複。我說不周全，說全了你也記不住，記住了也不能照著方子用。

●那怎麼辦？

■多讀。讀破萬卷，神而明之，都說這個老辦法不科學，到了這個「非科學」的層面，還得用這個不科學的方法。你念念胡適的這一段話。

●這種種過去的小我，和種種現在的小我，一代傳一代，一滴加一滴，一線相傳，連綿不斷，一水奔流，滔滔不絕，（■注意這六個短句用詞的變化。）這便是一個大我。……那個大我，便是古往今來一切小我的記功碑，彰善祠，罪狀判決書，孝子賢孫百世不能改的惡謚法。（■注意這一個長句包含的四個比喻。）

■多讀好文章，看人家在要緊的地方反覆說一個意思，反覆而不重複。看文章怎樣才會讀著順口，看著順眼。看人家長短疏密安排得多麼妥當。

●我手上要有多少詞才夠格？

■這個問題很難答覆，坦白的說，我不知道。不過我想起一個故事。有個皇帝問他的大臣認得多少字，那人回答「臣識字不多，用字不錯。」

● 從前的進士翰林，熟讀經史，還說自己識字不多，太客氣了。

■ 這個答案很出名。回皇上的話，不能不客氣。那個大臣如果誇耀淵博，萬一被皇帝當場考倒了，後果一定嚴重。可是對著皇上，你一味謙虛也不行，你得表示你不是白吃瞎混的人，你有資格在金鑾殿上排班，所以下面緊接一句「用字不錯」。這個答案可以說不亢不卑。

● 識字不多，用字不錯，我也幾乎做得到啊！

■ 他們「明訓詁」的人，對識字、用字的要求很嚴。從前有個秀才想越過一條水溝，不知道怎麼做才好，他那副為難的樣子引起一個農夫的注意，農夫對他說：「你可以跳過去啊。」秀才聽了，站在水溝旁邊，兩腳並攏，向前一縱，撲通落到水裏去了。農夫說：「你錯了，看我的！」農夫後退幾步，向前猛衝，右腳先踏上對岸，左腳緊跟過去。秀才糾正他：「你才錯了吶，你這是躍，那兒是跳？」

●這恐怕是挖苦書呆子的吧？

■你可以從不同的角度看這個故事。打開古色古香的字典看看，「跳」和「躍」確有分別。你如果在「小學」的訓練裏浸潤過，你也可能認為跳躍不分是用錯了字，甚至可以說是不認識這兩個字。當年中國文化界有文言白話論戰，文言一派就有人說寫白話文的人不識字。

●不識字？不識字？

■就拿白話文的招牌字「的呢啊嗎」來說，「的」本來是白色，「呢」是說悄悄話，「嗎」就是「罵」。

●哦，那個大臣說自己「用字不錯」固然是肯定了自己，說「識字不多」也很有斤兩啊。

■所謂用字不錯還有一層意思。王安石的「春風又到江南岸」改成「春風又綠江南岸」，沒改以前是「庸句」，改了以後是名句，你也可以說「綠」字用對了，「到」字用錯了。

●所謂錯字，應該是字形不對，兩點水寫成三點水，示字旁寫成衣字旁。王安石這個例子只能說是用字不工，怎能說是有錯？如果這也算錯字，難道「家兄塞北死，舍弟江南亡」十個都是錯字？

■你對議論文的技巧很有心得了！你故意推論到極端，好極好極！春風又到江南岸，「到」字並未寫錯，是用錯。用錯和「錯字」不同。諸葛重用了馬謖，是「用錯」了人，馬謖還是馬謖，並沒有別人來冒名頂替。

■這也只能說是「錯用」，錯用比「用錯」好。

■就職務著眼，是「錯用馬謖」，意思是街亭應該由別人來守；就人選著眼，是「用錯了馬謖」，意思是馬謖應該去做別的事情。「用錯」下面有個「了」字。

●錯斬崔寧，崔寧沒有搶劫殺人；殺錯了崔寧，該殺的另有人在？

■寫白話文照樣需要推敲，需要字斟句酌。好的新詩也可能「吟穩一個字，撚斷數莖鬚」。上好的白話文嘛，也許「置之國門不能易一字」吧？白話文並不好「對付」。

●人家告訴我，要把白話文寫好，得先把文言文學好。（■也有人這樣告訴我。）可是又有一種說法完全相反：你看，某某人的文章半生不熟，都是文言害的！（這個說法，我也聽過。）我到底該聽誰的？

■這要看你是為了升學呢，為了實用呢，還是為了當大作家。（●您就先說當作家吧。）如果當大作家，不但要學文言文，還要學外國文呢，還可能要去提煉方言呢。（●如果是升學呢？）升學考試的測驗題，有一半是從文言文裏頭找出來的。升學考試的作文題，像「仁與恕相互為用說」，「知之者不如好之者，好之者不如樂之者」，也得文言有根柢才下得了筆。

●若是只求實用，又怎麼說？

■先給「實用」下個定義：不為升學考試，也不為了當大作家，平時喜歡寫寫，表情達意，自得其樂，這樣的人可以不讀文言典籍。（●他能寫得好嗎？）在七十年八十年前，這樣的人是寫不好的，因為那時候白話文學還不成熟，得向文言典籍借火取經。現在的情勢不同了，用白話寫成的作品有這麼多，有這麼好，文言文的式樣手法，文言文的哲理玄思：大都藏在裏面、化在裏面，開啟了從白話文學作品學習白話文學寫作的時代。

● 你的意思是，第一代和尚到西天取經，第二代和尚到長安取經就可以了。

■ 晏殊有一首詞，說到「夕陽西下幾時回，無可奈何花落去，似曾相識燕歸來。」朱自清有篇散文，寫到「燕子去了，有再來的時候；楊柳枯了，有再青的時候；桃花謝了，有再開的時候。可是，聰明的，你告訴我，我們的日子為什麼一去不復返呢？」你看晏殊的詞是不是藏在朱自清的散文裏面了？

● 這樣的例子很多嗎？

■ 不勝枚舉。

● 照你的說法，為升學而作文，是一條路；為個人表情達意而寫作，是一條路；為了做大作家，又是一條路。我希望三條路並作一條，現在考場得意，以後表情達意，將來文壇得意。

■現在文壇得意的人裏面，以前考場得意的也不少。

●我需要進中文系嗎？

■現在文壇得意的人，數理出身的人也不少。

●我很想右手計算彗星軌道，左手寫人生百態。可是老師說我的性格太被動，不宜做作家。我真有點兒不服氣哩。

■老師有老師的道理。拿數學來說，它有十分合理的程序，一步一步推著你走，躐等固然不容易，想掉隊也不行。學數理，除非半途而廢，只要走完全程，一定能達到標準。文學，尤其是創作就不行，雖然規則也很多，但是你亦步亦趨照本子辦事，你就完了。你可以把所有的課程念完，所有的作業都做過，成績表上的分數拿得出去，可是事實上仍然不及格。文學，尤其是創作，要你自動自發自我造就的地方太多了。

●我該灰心嗎？

■當然不必。我只是約略介紹一下文學創作的路怎麼走。我當初念書的時候，性向測驗之類的學問似乎還沒有，老師有他的辦法，他找了許多句子來看我們的反應。比方說，為什麼「孔雀東南飛」呢，因為「西北有高樓」。孔雀東南飛和西北有高樓都是古詩裏的名句，本來毫不相干，臨時扯在一起。有些同學認為這是索然無味的拼湊，老師就認為這些學生大概不會去念文學。

●孔雀東南飛對西北有高樓，正在我們班上流傳，我還以為是新出爐的故事呢，原來老早就有了。

■在三國演義裏面，有一次，東吳的官員和西蜀的一個神童見面，兩人有一場精采的對話。東吳的官員問，天有耳乎？神童答，有耳，詩云「鶴鳴於九皋，聲聞於天」。東吳的官員問，天有頭乎？神童答，有頭，頭在西方，詩云：「乃眷西顧。」官員問，天有姓乎？神童答，天有姓，姓劉，因為天子姓劉。東吳的官員很不客氣的說：「日出於東！」西蜀這一位神童也不客氣的說：「日出於東而沒於西。」

●日出於東，東吳認為他們才是正統；日出於東而沒於西，西蜀認為你們東吳碰見西蜀就完了。西蜀的這個神童很有機智。

■也可以說他很有文學天才。兩個人一問一答，看字面，答案和問題全不相干，但是組合在一起就成了政治上的心理作戰，兩者不但有關係，簡直是天造地設。你學化學，學工程，什麼和什麼一定有關係，能組合，什麼和什麼一定沒有關係，不能組合。文學就簡直沒準兒，作家，尤其是大作家，常把我們認為完全無關的甲和乙連在一起，組合成丙。而且這個把戲層出不窮，世世代代做不完。

●我們已經談了很久。這一次不能「蛇啣其尾」了。

■這一次是行雲流水，行其所不得不行，止其所不得不止。

第十七問

韻腳　我等待春天　詩法
詩的語言　秋，裸體　登嶺摘星
名高好題詩　落花

●昨天，我們的作文課堂上發生了一件大事，老師忽然出了個題目要我們寫詩。

■寫詩怎麼會是大事？

●因為我們的作文從不寫詩。

■為什麼以前沒寫過詩？

●考試領導教學嘛！聯考作文幾時有過詩啊？

■寫詩也可以鍛鍊文字。你們的老師是一位良師，他從各方面增進你們的作文能力。

●可是同學們直抱怨呢。

■他們有沒有想到，萬一聯考作文要你們寫詩怎麼辦？

●是啊，有備無患。詩該怎麼樣寫？究竟要不要押韻？我們很有一番爭論。

■詩，要講究「韻」，但是不一定「押韻」，押韻是在詩句最後一個字安排腳韻。現在有很多新詩都不押韻。不過，如果你初學乍練，沒有把握，那就押韻吧，押韻比較安全，如果你寫出來的東西不大像詩，押了韻就像多了。

●趙錢孫李，周吳鄭王，馮陳褚魏，蔣沈韓楊，還是不像詩呀。

■若是天地玄黃，宇宙洪荒，日月盈晨，晨宿列張，就幾乎像詩了。辛棄疾的「不恨古人吾不見，恨古人不見吾狂耳！」把它單獨摘出來，脫離了韻腳的隊伍，也就幾乎不大像詩了。

●押韻不是就不自由了嗎？

■那大概是指從前的律詩吧，現代新詩押的是「自由韻」，不難。如果「小河」不協韻，「小溪」也許就可以了；如果「小溪」也不協韻，「細流」或者「微波」也就可以了。三年也可以說是三載，三秋，三歲，也可以是千日，千天，千個晨昏，地球一千次自轉，由你挑選。我想押韻難不倒你，押韻反而訓練你，使你對詞彙更能靈活運用。

●我沒有押韻：「我等待春天／只等來聲聲蟬叫／秋使我看清楚了／後面

是個嚴冬。」我是這麼寫的。

■你想不想押韻？如果想押韻，只消稍稍改動一下：「我等待春天／只等來一樹蟬聲／秋使我看清楚了／後面是個嚴冬／你看，你並沒有喪失多少自由。」

●下面我寫的是：「冬天到了／春天還很遠／只有老農夫不聲不響／藏起他的種子。」

■這四句很好，不押韻也可以。如果你想押韻，這回恐怕得改動句子。「冬天到了／春天在哪裏／那邊住著一個老農／你去問他的種子。」

●這麼一比較，還是應該押韻，押了韻才像是詩。

■也還言之過早。詩的韻不只是腳韻。我們索性把你的詩再改一次：「冬天依然寒冷／而春天遙遠／老農默默／牀邊藏著一罎種子。」在這四句詩裏面，「天，然，寒，遠，邊，罎」，也都是韻。

●聽你這麼說：我覺得寫詩很有趣。我想學詩了。

■詩比文更難說個明白。詩有詩理，跟文理不完全相同；詩有詩法，跟文法不完全相同。

●現在照你的定義，這詩理詩法是怎麼回事？

■這要詩人來說。這要詩人寫一本書來說。我提出這個名詞來，只是告訴你詩和文不同。你要經常體會、玩味兩者不同的地方。

●不同的地方在那裏？

■就拿你的遊記來說吧，你們出發，唱歌，喝汽水，埋空罐，取龜蛋，由頭到尾，是一連串，是一整天。如果你不寫遊記，寫詩，你多半得把一連串縮成一個點，把一整天縮成一刻。

●這一個點是什麼？

■依我的感受，是你的手，你的手是個關鍵，先握著汽水罐，後握著龜蛋。

●這一刻呢？

■如果詩心所凝的那一點是手，詩心所聚的那一刻，我覺得是回程的車上。去的時候，注意力在手上，回來，注意力仍在手上，熱鬧好玩以及風景都不重要。你看「山中何所有？嶺上多白雲，只可自怡悅，不堪持寄君。」到了徐志摩：「我揮一揮衣袖，不帶走一片雲彩。」到了你們，手裏握不住海浪，握不住海鷗，握不住帆影。可是你們的手仍然緊緊握著。

●去時握的是空罐，來時握的是龜蛋。

■如果作詩，你也許得說去時握的是物質，來時握著一個生命。詩有詩的語言。

●詩的語言很抽象嗎？

■不然，詩常常把具體的說成抽象的，又把抽象的說成具體的。

●剛才把夏天說成一樹蟬叫，是把抽象的說成具體。（■不錯。）把冬盡春回的希望說成老農收藏的種子，也是把抽象的說成具體。（■對。）

■現在再把你的詩修改一下。冬天到了，不妨改成「冬，刮乾淨了畫布」。春天還很遠，不妨改成「春天還在準備顏料」。

●這是拿畫油畫作比喻。

■你可以用這個比喻寫到底：「由第一筆到最後一筆／都貯在農家的種子裏。」你也可以撇開這個比喻：「農夫默默的抽菸／心裏只懸念他收藏的種子。」

●「冬，刮乾淨了畫布／春天還在準備顏料／農夫默默的抽菸／只懸念他收藏的種子」沒有韻了？

■這只是初步的腹稿，用韻得進一步潤色。

●秋是裸體的女神，落葉是她的隨從。——這句詩怎麼樣？

■誰寫的？

●同學。

■他有詩才。「裸體」使人想到水落石出，木葉盡脫，也想到涼風起天末。如果能含蓄些更好，例如，「秋，你是裸體的嗎？」

●下面落葉一句呢？

■也很好。如果稍作修改，可以寫成「在落葉的前呼後擁中走來。」不過，詩有一種手法，上一句和下一句不一定很連貫，每一句像一個島嶼沒有安排渡船，不過它們仍然是一組群島。「秋，你是裸體的嗎？」下面一句不妨是「你把布告寫在落葉上。」一葉落知天下秋嘛。再下一句不妨是「每一張日曆上都堆著蕭瑟。」三句中間沒有什麼因為，所以，以致……

●詩，不是也有韻腳響亮，句法整齊，句句清楚明白的嗎？

■這又分兩種。你聽這一首：在那忘了名字的地方／登嶺摘星／形影飄飄羽化／夢裏醉裏／那山越來越高／那星越來越大／年年月月／摘星的人兒變小了／是什麼時候／你，我，都已縮到地平線下？／你覺得這首詩怎麼樣？

●每一句明白如話，可是整首詩是什麼意思呢？

■好，這是一種。下面介紹另外一種：「每天／打開房門／只看見地球自轉／尋人廣告呼喊你的名字／天涯海角都傳遍／海枯石爛／回聲一雁／奈何天

／浮雲片片」。

● 句子明白，整首詩的意思也很明白：他要找一個失去的人，可是怎麼也找不回來。

■ 這又是一種。你喜歡那一種？

● 這，我不知道。你看我學那一種好？

■ 我可不敢替你出主意，你最好去問你的老師。聯考作文題為什麼一直沒有詩？主要的原因是，閱卷評分的標準難定，比散文更難客觀公正。喜歡某一種詩，愛之欲其生；討厭某一種詩，惡之欲其死。

■ 你自己呢？說說你自己的意見好不好？

● 詩，和散文的差別越大，我越喜歡。詩，我希望它給我另一種文體的喜悅和冒險。你聽：「隋堤死了／老柳替它活著／朝陽和夕陽孿生／晚霞洗掉凝脂／星群蘸水磨去古鏽／草原把天空黏住了／白雲怎麼逃得出去」。

● 這詩什麼意思？

■你可以說它毫無意義，隨手摔進字紙簍裏。你也可以解釋它，發揮它，演講兩個小時。讀詩讀了名家的解說，你才知道解詩和作詩同樣不簡單，從簡單一句話背後找出豐富的意義，所有難懂的地方都能懂，所有不連貫的地方都連貫起來。「名高好題詩」嘛！名氣、地位到了那個程度，讀者不再用成見排斥你的詩，敞開心靈接納你的詩，自動跟你合作體會你的詩，一首「越看越不懂」的詩可以變成「越看越懂」。

●我們怎會有那個資格？

■那，你就寫另一種詩。你聽：「往事如煙，過去算了／舊夢無憑，醒來算了／碎琉璃，黏不牢／留得青山在／春天會再來到／江南岸，又綠了／三月花開得比二月茂／今年樹長得比去年高／啊／往事如煙，過去算了」。

●這一首很好懂，而且有積極的主題。

■也押了韻。你也許現在應該寫這樣的詩，這種詩引起的抵抗力比較小。——我是說「也許」，「現在」。

●我們老師說，詩應該明白如話。（■好。）可是整首詩也應該有言外之意，不要太淺太露。（■好！）他舉的例子是：「今年花似去年好／去年人到今年老／始知人老不如花／可惜落花君莫掃」。他說這四句詩明白是夠明白，可是沒有餘味，不過是歎惜自己老了，——老了又怎樣呢？落花不掃又怎樣呢？

■老師有沒有舉正面的例子呢？

●沒有。他說到這個地方，下課鈴響了。

■我來替他補充一個吧。「春風春雨有時好／春風春雨有時惡／春風不吹花不開／花開又被風吹落」。同樣是寫落花，這四句比較有味道是不是？

●這四句給我的感覺是，作者有很多意思沒有說出來。（■有餘不盡。）他沒說出來的，好像並不是落花。（■言外之意。）這就得請你解釋一番。

■春風不吹花不開，花開又被風吹落。這兩句詩有比喻的功能，讀了這兩句詩，我們可以立刻想起許多事情來。父母總是愛子女的，有人說，如果世上沒有母親，所有的兒童都會在四歲以前死於痲疹。「春風不吹花不開」。可是，父母對子女如果一味溺愛，該自立的時候不讓他自立，該受挫折的時候不讓他受挫折，到他十五歲二十歲的時候還要用襁褓包住他，那反而把他害了。「花開又被風吹落」！

●這幾天，歷史老師正在講二次大戰，他說那時候德國很厲害，把很多小國都佔了。英美這方面用各種方法鼓動這些小國的人民抗德，英美的宣傳人員對那些小國的人民說，這是你們的土地，怎麼可以讓德國人佔據，你們民族有光榮的歷史，怎麼可以讓德國人騎在頭上。要反抗呀，要自主呀，要維持自己的尊嚴呀！當時這些國家的老百姓都參加了游擊隊打德國兵，他們英勇得很！（■春風不吹花不開。）可是，大戰結束了，德國失敗了，英美勝利了，那些小國紛紛獨立自主，也都不像戰前那樣聽英美指使了！（■花開又被風吹落！）難道那四句詩也能包含這段歷史變化？

■你認為能，就能。

●人家不說是牽強附會嗎？

■你再念念「今年花似去年好。」

●「今年花似去年好／去年人到今年老／始知人老不如花／可惜落花君莫掃」。

■如果是這四句，你即使想牽強附會，能附會上去嗎？

第十八問

酬世　傳世　三種作家　考運
作文與總分　失錶記　推翻比喻
王道　霸道

●你寫文章寫了這麼多年，累不累呢？

■有時候累，有時候不累。——寫你想寫的文章，文思洶湧，筆不停揮，手累，腦不累；寫你不想寫的文章，搜索枯腸，榨乾檸檬，腦累，手不累。

●怎麼會有想寫的文章和不想寫的文章？

■你做功課，也有想做的作業和不想做的作業，是不是？

●我們的作文兩星期一篇，老師出題目，下課以前交卷，不想寫也得寫。你怎麼也會有這樣的問題？

■學校裏的功課很多，你並不是每一門功課都有興趣，沒有興趣的功課，為了考試，為了升學，你也得好好的做，教育制度要你做。寫文章也是一樣，有些文章是你自己要寫的，有些文章是社會要你寫的。古人把文章分成兩大類，一種叫「傳世」的文章，一種叫「酬世」的文章，酬世，可以說就是應付這個社會。

●應付社會？

■是呀，誰能不應付社會呢，畫家，總有許多畫是為應付社會而畫的。名伶名票，總有若干次演出是為了應付社會而登臺的。從前有一位老前輩辦雜誌，他對我說：「你可要多寫文章來啊，你寫文章又不用花錢。」

●不要花錢？什麼意思？

■他辦雜誌要買紙，要付印刷費，要開支工作人員的薪水。我呢，提筆就寫，不要成本。

●那是沒有稿費的了？（■當然。）那一定寫得很累？

■人家辦雜誌有人家的宗旨，有人家的編輯計畫，文章要什麼題目，寫多少字，什麼時候交卷，都不能隨便。就算是有稿費，寫這種文章也是累。我想韓愈當年寫〈原道〉，一定不累，他為這人那人寫墓誌銘，一定很累。

●能不能做個不「酬世」的作家？

■我見過三種作家。一種是，志在酬世的文章和志在傳世的文章寫得同樣好，你酬世，「世」也酬你，所以這一類作家活得很漂亮。第二種，志在傳世的文章寫得很好，勉強酬世就大有遜色，可是，他既然薄有文名，社會往往要藉重他的名氣，也就常常給他安排一個座位。第三種，根本不肯或不能酬世，他沒有那個才能，也沒有那個心情，社會就說：「好吧，你去走你的獨木橋吧。」由他自生自滅。

● 你好像在說沒有辦法不酬世？

■ 我沒有那樣說。我是說，你可以不酬世，但是不要希求得到人家酬世得來的東西。拿你的功課做比喻，你可以不喜歡數學，不喜歡英文，但是你得「拒絕聯考」。

● 這到底不完全相同。我不能做拒絕聯考的學生，但是我可以做拒絕酬世的作家。

■ 你為什麼不拒絕聯考？

● 因為我要實現理想，追求目標。

■ 那麼酬世也未必一定是錯。有時候，作家個人的理想可以包容在社會整體計畫裏面。

● 既然這樣，酬世就不累。

■ 還是累。（● 怎麼會？）你肚子餓了，該吃飯了，正好手上有張洒金的請帖，地點很豪華，場面很隆重，主人很尊貴，同席的客人很陌生，這餐飯你會吃得很累，如果是和一兩個好友下小館子，就會很輕鬆。

● 這恐怕是你一個人的感覺吧。

■ 但願如此。

● 如果人人都這樣想，誰還當作家呢？

■ 我一直沒有教你當作家，我一直在教你作文。你作文不是為了當作家，是為了功課、分數，是為了將來你能使用一種工具保護自己，幫助別人。

● 說起來現在是分數要緊。依你看，我去參加聯考，作文可得幾分？

■ 趕考有「考運」。

● 那不是迷信嗎？

■考運是自有科舉制度以來中國士子的「共識」。從前的考試科目是「三篇文章兩首詩」，可以說只考作文，趕考的人好像拿了一大把獎券到考場去對獎，進了考場，試官把「號碼」發下來，一看，自己的號碼對得上，就中了，對不上，就名落孫山。多讀書就是多準備號碼。

●如果所有的號碼都在手上，豈不穩操勝算？

■還有一個因素。你的文章有你的風格，有你的「氣味」。如果試官喜歡這種「氣味」，你就佔了便宜，反過來說就吃了虧。他為什麼不喜歡你的「氣味」？有時候是不可理喻的，有個閱卷委員討厭倒裝句，凡是有倒裝句的卷子一律扣十分，為什麼？因為他有一個朋友筆下喜歡倒裝，而那人騙走他一筆錢。

●如果文章寫得很好，能克服別人的偏見不？

■能，然而不是百分之百。別人都說杜甫到了晚年律詩越做越好，戴南山卻說「子美夔府以後之詩，殊不佳。」司馬光不喜歡太史公，托爾斯泰不喜歡莎士比亞。你去找誰講道理去？

●難怪很多同學不對作文下功夫，他們把精力用在數學上，他們說數學可能考一百分，作文怎麼也考不了一百分。他們是從「總分」著眼，數學成績可以把「總分」累積得高一些。他們大概還沒想到作文要賭運氣。

■不錯，只聽說數學考一百分，沒聽說作文一百分，可是也只聽說數學考零分，沒聽說作文零分。有人當年三角幾何一百分，後來開運輸公司，天天調度他的八十輛汽車，當年的一百分，一分也沒剩下。有人植物學考一百分，可是後來一輩子做盲啞學校的校長，植物學也全還給了老師。如果你作文考九十分，八十分，成績永遠跟著你，你永遠得它的方便，不管你幹那一行，也不管你活多大年紀。

●好，我來個極端推論：與其數學一百分，作文零分，不如數學八十分，作文也八十分。

■你現在去考作文，八十分管保可以拿到，除非考運特別壞。

●關於考運，我想起一件事，有人碰上議論文的題目，直嚷倒楣，有人碰上抒情文的題目，連說自己流年不利。議論文、抒情文，究竟那一種容易？

■可以分兩步來回答。一、人的氣質秉賦不同，有人覺得議論容易，有人覺得抒情容易。二、所謂難寫、容易寫，並不是白紙黑字寫出來而已，還要包括讀者有沒有反應？肯不肯接受？一般而論，抒情文比較容易「成立」，議論文就要通過許多考驗。

●這是怎麼回事？你得仔細發揮一下。

■假如有人丟了他的錶，他很心痛，也覺得很不方便。左腕上沒有錶，似乎比右腕細了很多，左手也比右手小了很多。夜晚做夢，夢見他的錶搖搖晃晃回來了，浮在空氣裏，比臉盆還大，像個鬼臉。——你有什麼感想？

●他很喜歡他的錶。他的錶大概是紀念品吧？

■你反對不反對他做那個夢？

●我怎麼能管他做夢？

■答得好！你可以代表許多人。現在換一個例子：如果有人說，人不戴手錶怎麼成，這個社會應該人手一錶，否則就不算現代人。——你有什麼感想？

●這個人真是的！他需要戴錶就戴好了，何必囊括天下？我到夏天就不愛戴錶。

■好！你的反應也代表許多人。通常，讀者面對抒情文，總覺得那是「他」的事，是私人的事，當他面對一篇議論文的時候，他的感受不同，他覺得這是大家的事，也是他的事，因為「他」管到咱們大家頭上來了！

●你在《七巧》裏說，議論文容易引起反駁辯論，大概就是這個意思了？

■那天我們談詩，我說詩需要讀者合作。這幾天我想到詩容易得到讀者的合作，抒情文也比較容易，議論文就難。蘇東坡「春江水暖鴨先知」，毛奇齡反問：難道鵝不知道？這一問並非沒有道理，不過這一問卻是問到議論文的天地裏去了。李白說：「天若不愛酒，酒星不在天，地若不愛酒，地應無酒泉。」倘若他寫的是論文，人家就要說他牽強附會，歪纏胡扯。

●我想起一件事。有一次，牧師到我們住的社區裏佈道，分給大家每人一本小冊子，我得到的是馬太福音。牧師再三強調一句話：「我得著主的言語，就當食物吃了。」有個鄰居突然問道：「食物吃下去是要變成大便的，主的言語到最後不過是一堆大便，有什麼意思呢？」

■我們可以從這件事學到一些東西。牧師是在使用比喻，以甲比乙，甲乙並不完全相同，兩者之間只有一部分相同。「笑雷嗔電」，拿雷電形容喜怒無常，變化莫測，「笑嗔」和「雷電」只連著這麼一絲，讀者順著這一絲去想，比喻才可以成立。這在抒情描寫多半不成問題，到議論就不同了，讀者可能不想那相連的一絲，去想那斷裂的兩截。什麼笑雷嗔電？你們家開發電廠嗎？

●那天，牧師也說，食物吃下去並不是變成大便，而是變成肌肉了，變成力氣了，變成智慧了。

■你想的是力氣、智慧，人家偏要去想大便。以後你議論文不要太依賴比喻，比喻的用處有限。

●不靠比喻靠什麼？

■靠證據。

●如果想推翻別人的主張，是不是可以先推翻他的比喻？

■你可以故意跟他的比喻不合作，誇張不能比、不相同的地方。不過這也不是主力，主力戰是推翻他的證據，或者提出不同的證據。

●唉，每逢讀人家的文章，我總以為抒情文清靜，議論文熱鬧；抒情文怕麻煩，議論文找麻煩；抒情文有理講不出來，議論文沒有理也要找理來講。

■你對作文升堂入室了。抒情是「自了」，議論是度人；抒情要文情並茂，文盡情未了，議論要理直氣壯，理不直氣也要壯，理屈而氣不窮；抒情近乎王道，議論近乎霸道。

●霸道？

■這也是比喻啊！

第十九問

娛樂　無害與有益　戳氣球

文化遺產　人情　人心　父母心

還君明珠　記者與公主　作家

●人家談作文都會談到文學，你也談談文學吧。

■你要我怎樣談？

●文學究竟有什麼用處？

■我先介紹一下兩個極端的看法。一個是，文學有很大的力量，可以移風易俗，可以治國安邦。另一種意見恰恰相反，認為文學是沒有用的文人做的沒有用的事情。

●這兩種意見，你大概都不贊成。（■不錯。）請你把第三種意見提出來吧。

■文學有用，它的第一個功用，是娛樂。

●娛樂？娛樂價值和文學價值能並存嗎？

■能。一般來說，人以享受樂趣的心情去接近文學。那是星期六的心情，不是星期一的心情；是上俱樂部的心情，不是上教堂的心情；是退役的心情，不是入伍的心情。

●人有兩種心情？（■可以這麼說。）兩種心情都很正當？（■都是人之常情，都應該予以滿足。）兩種心情有兩種不同的需要？（■拿破崙上火線的時候需要軍用地圖，下了火線他需要少年維特之煩惱。）這個二分法，倒是把爭論解決了。

■人有工作的時候，有休閒的時候。「工作」有工作時的問題，那些問題不能用文學解決。（●所以有人說文學無用。）休閒有休閒時的問題，文學就派上了用場。

●休閒活動，方式很多，有什麼理由特別提倡文學？

■我們並不特別提倡文學。你愛做什麼就做什麼。

●總得選一種「有益」的活動。

■選一種「無害」的活動也可以，無害的活動可以防害，所以無害就是有益。人在工作的時候總盼望休閒，到了休閒的時候才知道休閒的時候比較危險，工作的時候比較安全。從前，我的家鄉，農人從早忙到晚，只有陰曆年前後一兩個月是「農閒」，農閒期間一過，不是有人自殺，就是有人出走，因為一到農閒的日子，到處都是賭局，有人賭得昏天黑地，把一年辛辛苦苦的收成輸光，還欠下很多賭債。他也許把太太氣死了，也許把母親氣死了，也許自己後悔死了。現代人的休閒時間比古人多，休閒的時候做什麼，非常重要。

●我們學生，寒假暑假也天天補習功課，只恨一天沒有二十五小時，那裏還講究休閒活動啊。

■功課壓力這樣大，本來是不該有的情形。不過我在這裏不批評今天的教育。我只說你在學校裏學習終要告一段落。以後，你多半不能一天用二十五個小時來工作。你會有閒暇。

●人有了閒暇，也不一定閱讀文學作品吧？

■不一定閱讀，也不一定「不」閱讀。辯論術裏面有一種「戳氣球」戰術，氣球雖大，你只要在上面戳個小孔。誰說人在休閒的時候需要文學？沒看見電影院、體育館裏那麼多人嗎？電影院、體育館就是在氣球上戳成的小孔。

其實這種辦法並不能把對方真正駁倒。不錯，電影院裏坐著那麼多人，可是那些人並不永遠坐在裏面，他們回家以後呢？不錯，電影院裏坐著那麼多人，可是電影院外面呢，人豈不更多？整個狀況是：有人要進夜總會，有人要進電影院，有人要進體育館，有人要進書店；不僅此也，人，有時要進夜總會，有時要進電影院，有時要進體育館，有時要進書店。

● 難怪小說總是暢銷，小說的娛樂價值很大，誰不喜歡感人的故事呢！詩和散文，我們能用娛樂的眼光去看它嗎？

■ 能。我們所謂娛樂，是指身心放鬆，現實的壓力解除，注意力集中在一個圓滿自足的小世界裏。這些，小說，詩，散文，都能給我們。

● 文學能給我們的，應該不只娛樂。文學的第二種功能是什麼呢？

■ 閱讀文學作品可以得到許多知識。這又分三方面，一是文化遺產的承受，二是人情世態的了解，三是生活境界的提高。

● 你今天談話綱舉目張，條理分明，好像是提出一篇論文。我記得你以前說過，中華民族好比一個大家庭，李杜韓柳溫蘇都是久藏的家珍，身為中國人應該一件一件玩賞過，至少也該看過清單。你說「文化遺產的承受」，大概還是這個意思吧。

■中國文化的遺產屬於每一個中國人。人人可以自動地自由地去取它用它，沒有任何限制。這不像分房子分地產，你多一分，我就少一分。這種遺產取之不盡，用之不竭。

●這和研究中國文學有什麼分別？

■研究中國文學是維護、陳列這些好東西，而我們不以此為專業，只是高興了就拿出來把玩一番。

●下面一個小項是「人情世故的了解」，這個標題對我很有吸引力。我們年輕，常常覺得別人很難捉摸，向長輩請教吧，他們總是笑一笑：「你長大了就會明白。」長大？要長多大？

■在這方面文學作品可以幫助你。文學作品是專門表現人心的，人心隔肚皮，文學卻是一面透視鏡，人心海底針，文學卻是一副探測器。

● 文學作品怎樣幫助我們？文學作品裏的人和事，總是在雲裏霧裏，真真假假。

■ 雲裏霧裏，是它感性的一面。幾個月後再看一遍，就可以把雲霧撥開了。抒情詩是作者的交心運動，長篇小說是作者指揮的人性大演習。人心不同，各如其面，人與人不一樣，你要同中求異；人與人也有共同的規律可循，你又要異中求同。

● 有一次，爸爸帶我參加宴會，我們到得比較早，就和主人一面聊天，一面等待。爸爸問：「今天你請了那些人？」主人念出七八個名字來。爸爸告訴他，某人可能遲到，某人可能缺席，某人大概不待席終就要告辭。這天晚上，爸爸的預測一一都應驗了！真奇怪，我到現在不知道他怎麼會有這些本事。

■ 為什麼有人缺席、有人遲到、有人早退？因為人是不一樣的。為什麼令尊大人能夠預測他們的行為？因為什麼樣的人，在什麼樣的條件下，會怎樣做，大致有個規律。

● 我怎麼不覺得有規律？

■ 人，多半是在父母膝前長大的，父母，不管是什麼性格，什麼背景，處於什麼樣的環境，面對多大的利害！總是為孩子想。而孩子心目中，父母最單純，最容易了解，父母在什麼樣的刺激下會產生什麼反應，他能預測。孩子慢慢長大了，和家庭以外的人接觸，那些人不是他的父母，那些人由於性格，背景，環境，利害，某甲和某乙不同，此事和彼事不同，今日和明日又不同，你在父母那裏累積得來的經驗就不夠用了。這時，唯一的辦法是多和別人接觸，包括通過文學作品和作家創造的人物接觸。久而久之，你會發現，人心雖然千變萬化，倒也有個極限。

● 不是說「人心難測」嗎？

■ 當他說「人心難測」的時候，他已經測到東西了。

● 人心難測，那就是人心很壞咯，人生境界又怎能提高呢？

■人的境界有高有低。「還君明珠雙淚垂，恨不相逢未嫁時」，這是一種境界，如果一看見明珠，就投進別人的懷抱裏去了，那是另一種境界。兩種境界並不一般高，是不是？（●是）如果既不肯歸還明珠，也不肯改嫁，魚與熊掌通吃，那又是一種境界，是不是？

●如果「還君明珠不垂淚」呢？

■那跟「還君明珠雙淚垂」又不一樣。

●還君明珠雙淚垂，還君明珠不垂淚，不還明珠不垂淚，垂淚但是不還珠。——還君明珠雙淚垂比較有滋味。

■你用「滋味」兩個字，很好。你做出來的事情別人看著有滋味，自己事後回想有滋味，這就是有意義，有境界。有一部老片子叫《羅馬假期》——

●上個月重演，我看了。

■你喜歡那個人物？公主還是記者？

●我喜歡公主。

■多數人喜歡公主，但是一談到境界，我喜歡那個記者。這部片子的故事背景是美國，美國的新聞事業競爭激烈，記者的工作壓力很大，他無意中發現失蹤了的公主，獨自得到一條全世界都注意的新聞。他如果把新聞發表了，他會出名，會得獎，會加薪。

●可是他最後把照片送給公主，新聞也一個字沒寫。

■他如果發表了那些照片，公主回國以後就狼狽不堪，人民可能不再尊敬她，而她不過是一個十幾歲的天真女孩！為了保護這個女孩，那記者把黃金機會放棄了。當他把照片還給公主的時候，他的形象驟然高大起來。這就是境界。

●談到電影，我想起來，你有一篇文章，勸我們從影劇了解人，擴大人生經驗。

■不錯，我的意見並沒有改變。影劇對你擴大人生經驗有幫助，對你增進寫作技巧也有幫助。不過在談作文的時候，我強調文學，強調詩，散文，小說，也許可以加上一部分劇本。這些用文字寫成的東西，對作文有直接的幫助。

●你最後才談到寫作。在前面，你說文學提供娛樂，提供知識，都沒有針對學習寫作的人。

■文學不只屬於有志寫作的人，也屬於無意寫作的人，而有志寫作的人少，無意寫作的人多，我們不能因為自己喜歡寫作，就把視野局限了。現在我們把眼光回到自身，文學作品可以幫助一個人發揮他創作的才能。

●那就是做作家嘍？

■人，有他的才能。「右手計算彗星軌道，左手描述人生百態」，這是一人具備兩種才能。「文章以外無能事」，這是只具有一種才能。每一個人都該充分發揮才能，完成自我。一個人，若是性近文學，別無所長，他就到文學裏完成他自己吧。

●作家也有定義吧，他是什麼樣的人呢？

■第一，他使用語文的本領超過一般人，猶如鋼琴家，使用鋼琴的本領超過我們。鋼琴，我們也能彈，但是只有稱為鋼琴家的人才彈得最好，才把鋼琴的性能發揮到極致。作家，鋼琴家，畫家，都是藝術工作者，什麼是藝術？藝術是人人都會，只有你最好，並不是人人不會，只有你才會。

●那麼，第二？

■第二，他是增加文學遺產的人。我們不是談到承受文學遺產嗎？遺產是那裏來的？是一代一代的作家留下來的，那麼這一代的作家會不會也有東西留下來？文學作品由一累積到一百，今後誰來增添到一百零一？這是作家的責任。

●這麼說，作家並不可怕，為什麼長輩都警告我別當作家？

■我想，大概是，他們發現你也有別的才能。比方說，他們認為你將來可以做醫生，那麼何不朝做醫生的路上走呢？你如果「也」有文學天才，做了醫生還可以做業餘的作家。

●如果我不朝做醫生的路上走，朝專業作家的路上走，那就只能做作家，不能做醫生了？（■對啊。）可是我並沒有進醫學院的才能。長輩們說作家不好當，一定另有原因。

■或者，他們是希望你將來有很好的職業。

●不能以寫作為職業？

■可以，但是這個職業並不好。

●第一？

■你想，你是在什麼條件下常常去買書？物價穩定的時候，爸爸加薪的時候。如果家庭經濟發生問題，買書的支出首先要從預算表上刪除，除非是買教科書。由小喻大，作家和社會可以共安樂，難以共患難。如果你是醫生，人人衣食足而後想長壽，共安樂沒有問題，即使是傳染病流行，大禍臨頭，人人更會抱住醫生不放。

●第二？

■第二，如果你是工程師，你蓋樓，人人承認你蓋了樓，沒人會說你挖了個坑。如果你是作家，你寫了一部長篇小說，你自以為蓋樓，可是別人也許認為你是挖坑。所以，工程師好做，作家難做。「不為堯存、不為桀亡」的，恐怕只有科學吧，文學多半是團團轉的。

● 有第三沒有？

■ 有。假如人生像排隊一樣，有很多很多人排在作家前頭。你有排隊買電影票的經驗，排在前面才買到好位子；你有排隊吃自助餐的經驗，排在前面才吃得到好菜。

● 哦，是這樣的……

■ 你在想什麼？

● 我在想第一第二第三，你這種佈局安排。你看，我做了筆記：

文學的功用

（一）提供娛樂

（二）傳遞知識

1. 文化遺產的承受

2. 人情世態的了解

3. 生活境界的提高

（三）培養專長

■ 你以後寫論說文，不妨先列這麼一個大綱。

作文十九問

作者　王鼎鈞

社長　陳蕙慧
主編　陳瓊如
行銷企畫　李逸文、廖祿存
校對　王鼎鈞、魏秋綢
設計　莊謹銘
排版　宸遠彩藝

社長　郭重興
發行人兼出版總監　曾大福
出版　木馬文化事業股份有限公司
發行　遠足文化事業股份有限公司
地址　231 新北市新店區民權路 108-2 號 9 樓
電話　(02)2218-1417
傳真　(02)2218-0727
Email　service@bookrep.com.tw
郵撥帳號　19588272 木馬文化事業股份有限公司
客服專線　0800-221-029
法律顧問　華洋國際專利商標事務所 蘇文生律師
印刷　呈靖印刷股份有限公司
初版一刷　2018 年 10 月
初版三刷　2022 年 09 月 02 日
定價　380 元

國家圖書館出版品預行編目

作文十九問 / 王鼎鈞著 . -- 初版 . -- 新北市 : 木馬文化出版 : 遠足文化發行 , 2018.10

面 ;　公分

ISBN 978-986-359-593-9(平裝)

1. 漢語　2. 寫作法

802.7　　107015500